L'essuie-main de l'empereur

L'essuie-main de l'empereur

Lydéric Landry

— LIBER INVICTUS —

Éditions LIBER INVICTUS
www.liberinvictus.com

ISBN : 978-17-908-6415-7
Dépôt légal : février 2019

À ma sœur Catherine

« *Il est une race nouvelle d'hommes nés d'hier, sans patrie ni traditions, ligués contre toutes les institutions religieuses et civiles, poursuivis par la justice, universellement notés d'infamie, mais se faisant gloire de l'exécration commune : ce sont les chrétiens.* »

Celse,
Discours véritable contre les chrétiens
931 AUC (178 AD)

I

Ce matin, l'empereur a crié fort, très fort. Nous avons tous eu peur, très peur. Mais bon, finalement ça va.

On attend les autruches. Elles devaient arriver hier. L'empereur ne sait pas encore que nous n'avons presque plus d'autruches. Et bien sûr, personne ne veut le lui dire. Personne ne veut mourir.

L'empereur aime tuer des autruches. Il demande qu'on les fasse courir dans le cirque et il les tue à l'arc, avec des flèches à l'embout en forme de croissant. Il est très habile. À deux-cents pas, il peut couper le cou d'une autruche lancée à pleine vitesse. Nous nous divertissons beaucoup à les voir continuer leur lancée, leur long cou pendouillant, alors que leur tête gît déjà dans le sable, les deux grands yeux fixement ouverts.

Quand il est en train, l'empereur peut tuer des dizaines d'autruches dans un après-midi. Bien entendu, personne ne lui a jamais dit ce que cela coûtait, ni la peine que l'on a à capturer ces animaux. L'empereur n'accepte pas les mauvaises nouvelles.

Enfin, j'ai compté ce matin ; il reste cinq autruches. En fait, il y en a six, mais l'une d'entre elles est malade et ne court vraiment pas vite. Nous la soignons de notre mieux. Au moment voulu, elle peut signifier la différence entre la vie et la mort pour n'importe lequel d'entre nous, au hasard.

Avant, l'empereur ne condamnait que les sénateurs, ou les patriciens, les gens opulents. Nous, on était bien contents. Quand quelque chose allait de travers, on avait beau jeu de dénoncer l'un ou l'autre des personnages en vue de la cité et immanquablement, le blâme retombait sur lui. Mais maintenant, les riches sont devenus malins. Ils ont appris à flatter l'empereur, à s'abaisser comme un esclave pour dompter son courroux. Ils applaudissent quand l'empereur, entouré de ses gladiateurs et de ses putains, franchit en armes l'enceinte sacrée du Sénat, jurant comme un charretier, prétendant que l'endroit pue, ou mimant un obèse qui se déplace.

Moi, comme je suis l'essuie-main préféré de l'empereur, je suis presque toujours avec lui. De mes aïeux nubiens, je tiens les cheveux crépus qui ornent mon crâne. L'empereur s'y essuie les mains couvertes de sauce lors d'un banquet, d'humeurs diverses lors d'une orgie, ou de merde quand il défèque. L'empereur n'a jamais aimé se servir d'étoffes pour cette fonction. Il lui faut un esclave bien crépu, pas trop grand et pas trop beau non plus.

Il y a quelque temps, j'ai failli perdre mon poste. On avait présenté à l'empereur une grande blonde filasse et charnue, originaire du nord de la Belgique. Pendant au moins un mois, l'empereur ne voulait avoir à faire qu'à sa chevelure pour s'essuyer et se torcher. Et puis un jour, l'impensable s'est produit. Alors qu'il venait de forniquer avec un éphèbe fraîchement débarqué des côtes du Pont-Euxin, l'empereur, en essuyant sa queue dans les cheveux de la belge, fut pris d'un désir aussi soudain que violent pour elle. Bien sûr dans ces cas-là, il n'y a pas a raisonner et ce qui devait arriver arriva. Après avoir repris ses esprits, avisant que la scène avait eu plusieurs témoins, il ne put faire autrement que d'ordonner l'exécution immédiate de la coupable. Et je dus incessamment reprendre du service.

Je loue mes ancêtres de m'avoir donné assez de laideur pour ne jamais susciter le désir, et des cheveux qui m'assurent une place confortable au service du plus grand empereur de l'univers. Bien sûr, j'aurais pu naître libre et patricien, mais dans les temps du règne de l'empereur Commodus, cela ne garantit pas une vie longue et heureuse.

Une autre raison de ma longévité au service de l'empereur, c'est que je suis dans les bonnes grâces de Marcia. Marcia est la favorite de l'empereur. Personne n'a jamais compris pourquoi il ne s'est jamais lassé d'elle. Certes, elle est très belle, et un regard d'elle fait deviner toute l'intelligence et la rouerie dont elle est capable. Mais il y a aussi chez Marcia une authenticité, une véritable envie de bien faire, de rendre tout le monde heureux. Étrange, cette rose qui pousse dans le fumier de la cour impériale.

Il n'est pas inutile de mentionner que Marcia est chrétienne et comme vous le savez, ces gens-là sont très spéciaux. Elle cherche tout le temps à me convertir et moi, le Dieu unique, je trouve ça un peu limite, comme idée. On a déjà l'empereur qui se prétend unique et universel. Cela suffit amplement. Un demeuré comprendrait qu'il n'y a rien d'unique ou d'universel dans la nature. Il n'y a aucune raison qu'il en soit autrement pour les dieux. Mais bon Marcia m'aime bien, l'empereur en est fou, et moi, je survis. Qui a dit que la vie n'était pas belle ?

Marcia adore me laver la tête. Cela arrive souvent, vu ma profession. Normalement, il y a des esclaves chargées de cela. Mais Marcia prend leur place, d'autorité. En fait, comme l'empereur, elle aime passer ses mains dans mes cheveux crépus. Inutile de préciser que je préfère quand c'est elle qui me tripote la crinière.

En tant que chrétienne, Marcia est obligée de parler à tout le monde de son Dieu, tout le temps. Ils appellent cela « évangéliser ». Et Jésus ceci, et l'apôtre Machin cela, et patati, et patata. Tout à l'heure, lors de mon troisième shampoing de la journée, Marcia me gonflait encore avec sa religion débile. Ce coup-ci, c'était de Saül qu'elle m'entretenait. Saül est le confident de Victor, l'évêque de Rome. L'évêque — c'est comme ça qu'ils appellent leurs chefs — doit décider si les enseignements d'un juif nommé Paul de Tarse vont avoir dorénavant la même autorité que les évangiles ! Et selon cet illuminé, la copulation est impure. On se demande bien pourquoi. Marcia est furieuse. Il faut dire que la copulation, c'est toute sa vie. Elle me raconte que cette idée démente ne figure dans aucun des textes sacrés. Comme elle n'a pas le droit de critiquer l'évêque car sinon elle va en enfer, elle reporte toute sa fureur sur le valet de celui-ci. Pour Marcia, toutes ces inepties ont germé dans la tête de ce dégénéré de Saül.

— Tu vas voir qu'à ce train-là, ils vont finir par décider que les épîtres de Paul de Tarse sont aussi sacrés que les textes des apôtres. Ça arrangerait bien cet impuissant de Saül, siffle Marcia.

Je suis bien obligé de subir les exégèses de madame. Elle est en train de passer chacune de mes boucles à l'huile de palme, opération qui prend des heures.

— Tu en penses quoi, toi, Modus, de ces âneries ? me demande-t-elle.

— Maîtresse, je pense que si tous les hommes étaient de cet avis, ils ne copuleraient plus et donc il n'y auraient plus d'enfants et donc à terme, plus d'hommes.

— Mais bien sûr ! C'est tellement évident ! La copulation, impure ? Mais il n'y a rien de plus pur, au contraire. C'est grâce à la copulation que notre espèce survit, tout simplement. Ça fait du bien sans faire de mal. Les goinfres, les ivrognes, ils jouissent seuls, en détruisant le corps que Dieu leur a donné. Tandis que les fornicateurs, ils utilisent juste une fonction naturelle, ils sèment des bâtards un peu partout, ils croissent et se multiplient et ça que ce soit chez les juifs ou chez les autres, ça a toujours été un commandement divin. Je suis sûr que même toi, Modus, esclave de la plus basse espèce, tu dois passer ton temps à ça, pas vrai ?

— Euh, en fait pas vraiment... Je ne trouve pas de compagne.

— Qu'as-tu besoin d'une compagne ? Tu peux

faire cela avec tes petits camarades, ou même avec ta main. Je te montrerai, si tu veux.

— Ah oui, j'aimerais bien, je réponds hypocritement.

— En attendant, à force de rajouter des textes dans tous les sens, on va finir par avoir un nouveau testament qui sera aussi gros et indigeste que l'ancien.

J'ai mis un certain temps à comprendre tout ce fatras. Pour ceux d'entres vous qui ne seraient pas familiers avec les idées modernes, voici un résumé. Les chrétiens ont un dieu, un seul, appelé Jésus. En fait Jésus est un demi-dieu car si son père était le dieu des juifs, sa mère était une mortelle comme vous et moi. Mais les chrétiens n'ont pas le droit de le dire, sinon ils vont en enfer.

Les « évangiles », ce sont les récits de la vie et des actes de Jésus. Il y en a plein. Ils racontent tous des trucs différents alors les évêques essaient de se mettre d'accord pour en sélectionner trois ou quatre qui ne se contredisent pas trop et former ainsi les textes sacrés officiels. Ensuite, selon leurs affinités et leur philosophie, ils ajoutent d'autres textes — récits, épîtres, ou même pures fictions — et le tout forme le « Nouveau Testament », le livre sacré des chrétiens. Le livre sacré, c'est le livre qui dit *la* vérité. Ne pas croire à cette vérité-là vous conduit tout droit en enfer. Moi, à force de fréquenter les grands de ce monde, je sais lire. Mais pas le grec. Alors je ne veux surtout pas devenir chrétien ; en tout cas, pas tant qu'ils ne se seront pas tous mis d'accord une fois pour toute sur le contenu de ce livre et qu'ils ne l'auront pas traduit en latin. Je n'ai pas envie de me retrouver en enfer pour l'éternité à cause d'une méprise ou d'un ajout de dernière minute.

Bien sûr, les chrétiens n'entrent pas dans tous ces détails quand ils évangélisent. Leurs discours est simple : si on est pauvre, esclave ou d'une manière générale mécontent de son sort, ce n'est pas grave. L'existence que nous menons n'est qu'un passage de quelques années au bout desquelles il y a une autre vie, éternelle celle-là. Ça, c'est la bonne nouvelle. La mauvaise, c'est que selon notre comportement dans cette vie-ci, on ne passera pas l'éternité au même endroit. Il y a le paradis, dont on ne sait rien sinon qu'on sera bien content tout le temps et l'enfer, dont les détails nous sont étrangement davantage connus, mais qui se résume à plein de souffrances pour l'éternité.

Aux gens de peu, on dit que pour eux le paradis est déjà gagné car Jésus « les aime ». Les autres, ils doivent faire des efforts pour le mériter. Les efforts en question, c'est ce que décident les évêques. Il y a des trucs plutôt sympas comme par exemple pratiquer la charité, ne pas se mettre en colère, ne pas trop manger ; des trucs un peu plus limite comme tendre l'autre joue quand on reçoit un pain ; et des trucs carrément bizarres comme cette nouvelle idée d'interdire la copulation.

II

Marcia se décide enfin à me libérer. Les cheveux oints et parfumés, je me rends aux latrines pour me mettre au courant des derniers potins. Comme c'est l'usage à Rome, nous faisons nos besoins en commun tout en commentant l'actualité.

— Alors Modus, elles sont arrivées, les autruches ? me demande Othon, un germain roux et légèrement vicieux. Othon est le goûteur de l'empereur et mon meilleur ami.

Ils m'agacent, à toujours me demander pour les autruches. Je ne suis pas responsable des bêtes, moi. Le responsable, c'est Gruffudd, un breton. Il ne parle pas bien latin. Il est très compétent, mais personne ne comprend rien à ce qu'il dit. Sauf moi. Je suis le seul qui aie la patience de l'écouter et d'essayer de mettre un sens dans le sabir qu'il éructe avec un accent pas possible. Résultat, à chaque fois qu'une question de ménagerie se pose, c'est à moi qu'on fait appel pour servir d'interprète et finalement, je me trouve le mieux informé des problèmes liés au bêtes.

— Non, les autruches, on les attend toujours, je

réponds. Gruffudd se rend tous les deux jours au port et il a beau engueuler tout le monde dans sa langue de barbare, ça ne les fait pas arriver plus vite. Heureusement, l'empereur n'a pas trop le temps de jouer en ce moment. Il passe ses journées à donner des audiences pour regagner l'estime du peuple. Depuis la mort de Cléandre, sa cote de popularité est en berne.

Cléandre, c'était l'ancien premier ministre. Un homme très important qui s'en mettait plein les fouilles en vendant des offices publics, en spéculant sur le blé, le tout avec l'apparente bénédiction de l'empereur. Il en a bien profité, le salaud. Jusqu'à l'année dernière, quand on a eu cette famine et cette peste. À cause de la misère, des émeutes ont éclaté et la garde prétorienne a bien failli être débordée. Pour calmer la fureur populaire, le pauvre Cléandre a été promu bouc émissaire et sa tête présentée au peuple. Ça a calmé tout le monde. Depuis l'empereur fait ce qu'il peut pour se distancer du souvenir de Cléandre. L'empereur est super fort en politique.

— Il faut croire que l'exécution de la famille de Cléandre n'a pas suffi à faire oublier l'infâme, enchaîne Othon. Au fait, vous savez qui je viens encore de voir à la porte des visiteurs qui demandent audience ?

— Je parie que c'est Saül, répond Ivain, un gaulois narbonnais, roux lui aussi.

— Ça va faire trente jours qu'il fait le pied de grue pour que l'empereur daigne le recevoir. Il paraît qu'il n'est même pas envoyé par l'évêque Victor ! s'indigne Othon.

— Moi, je le trouve gentil, Saül, intervient Mêos, un petit grec pas roux qu'on aime bien parce qu'il fait des pets super longs. Il me fait toujours des sourires et des guilis.

Saül est toujours à roder autour du palais. Son rêve est de convertir l'empereur Commodus en personne au christianisme. Son meilleur atout est Marcia. Elle n'est pas d'accord avec lui sur tout, mais elle est bien contente qu'il lui fournisse sa dose de chrétienneries quotidienne.

— Comme d'habitude, il va attendre jusqu'à la sixième heure, être renvoyé par les prétoriens, se réfugier chez maîtresse Marcia pour élaborer des stratégies d'approche pendant le reste du jour et recommencer demain, philosophe Ivain. Ces chrétiens sont comme des sangsues.

Comme toujours, par fidélité à ma bienfaitrice, je défends les chrétiens comme je peux :

— Ils sont obligés. Sinon ils vont en enfer, je dis timidement.

— Maître Saül m'a dit que pour eux, il n'y a pas de différences entre un homme libre et un esclave, commente Mêos, le sérieux de son propos contrastant avec sa petite voix enfantine. Ils n'ont qu'un dieu et ils l'appellent *Dominus*.

— Ouais, n'empêche qu'on regrette le temps où ils se faisaient bouffer dans le cirque, ajoute Othon. Nos aïeux savaient rigoler, au temps du bon empereur Néron !

Nous devisons ainsi gaiement jusqu'à épuisement de nos intestins et de nos sujets de conversation. Ensuite chacun se rend à ses occupations.

Pour Othon et moi, il s'agit de rejoindre Marcia. Nous devons attendre en sa compagnie la fin des audiences pour voir si l'empereur aura besoin de nous. Arrivé dans le gynécée, je ne suis pas surpris d'y voir entrer Saül quelques instant seulement après nous.

Saül était petit et souffreteux. Il avait le visage incroyablement mobile. Un instant, il pouvait afficher la parfaite soumission en présence d'un puissant et l'instant suivant, la dureté du général ordonnant l'incendie d'une ville rebelle quand il s'adressait à un inférieur. Officiellement, il était secrétaire de l'évêque Victor. Mais en réalité il menait sa barque tout seul. Il était obsédé par la pensée de Paul de Tarse, dont il connaissait les écrits par cœur et dont il avait adopté le nom juif. Saül s'appelait en fait « Apollon » avant sa conversion. Quand nous l'avions appris, ce détail nous avait fait marrer avec Othon pendant au moins une semaine. Saül avait pour ambition de faire inclure les épîtres de Paul dans les textes sacrés officiels une bonne fois pour toutes. « Ensuite, disait-il, il n'y aura plus qu'à convertir tout l'empire à la nouvelle religion, et je pourrai mourir heureux. »

Il se jette littéralement aux pieds de Marcia.

— Maîtresse Marcia ! Le seigneur soit loué de te voir si en beauté aujourd'hui ! roucoule-t-il d'emblée.

Marcia, une affranchie qui a eu des maris, des amants et son lot de misères, sait reconnaître un flatteur. Elle a appris à ne pas les laisser vivre à ses dépends.

— Relève-toi, cancrelat. Le seigneur voit tout. Il connait ton mépris pour les femmes. Il sait que leur beauté te laisse indifférent. Nous, nous le savons aussi vu que tu clames dans toute la ville que la femme est une chiure de l'homme, un sous-produit de l'espèce.

Saül, que rien ne faut autant jouir que d'être piétiné, se rengorge à ces paroles.

— Cancrelat, répète-t-il, extatique. Ah maîtresse, tu as bien raison, je ne suis qu'un misérable insecte. Dieu l'a voulu ainsi, et c'est très bien. Plus on est petit, méprisable, puant dans ce monde, meilleure sera notre position dans l'autre. Quant à ces vérités sur la femme, j'ai bien peur qu'elles n'émanent pas de moi, mais du livre-qui-dit-la-vérité. Il y est dit clairement que Dieu créa la femme à partir d'une côte de l'homme. Une côte, note bien, pas une chiure.

— Il y est surtout dit que *Dominus* a commencé la création avec les roches, puis les plantes, puis les animaux, puis l'homme et enfin, à la toute fin, la femme. La femme étant la dernière à être créée, elle est donc la plus parfaite. Ce n'est pas un hasard si c'est elle qui donne la vie, comme Dieu. De plus, je ne me rappelle pas que Jésus ait jamais flétri la moindre femme. Je te rappelle qu'il est né d'une vierge…

À ces mots, comme à chaque fois que Marcia nous sert cette histoire-là, je pousse Othon du coude et nous pouffons de rire. Marcia nous remet en place d'un regard glaçant.

— ...et qu'il a pardonné à la femme adultère, continue-t-elle. Il a vécu entouré de femmes. On dit même qu'il a connu Marie-Madeleine charnellement.

— Oui, oui, nous savons tout cela, rétorque l'avorton. Mais c'est juste de la réclame. Les femelles sont plus faciles à convertir, explique-t-il avec une désarmante franchise. Il reste que dans l'Ancien Testament...

— Ça suffit! s'emporte Marcia. L'Ancien Testament est l'œuvre des juifs. Nous ne sommes pas juifs, que je sache?

— Jésus l'était...

— Il n'a eu de cesse que de se démarquer de leurs coutumes. Il a chassé les marchands du Temple! Tu as quelque chose à répondre à cela, cancrelat?

Marcia se fait menaçante et Saül devient tout livide, tout humble, tout tremblant. Nous, avec Othon, on sait bien que cette soumission est feinte. Saül, il est comme nous tous, esclave ou pas. Il vit dans la peur constante de déplaire. Pour survivre, il est essentiel de dissimuler en permanence. Tout l'empire romain repose là-dessus. *Pax romana*, mon cul! C'est la *Pax trouillana* oui.

— Tu as cent fois raison, Maîtresse. Contentons-nous du Nouveau Testament. Mais Paul de Tarse lui-même réaffirme la soumission de la femme pécheresse.

— Ah te voilà encore avec ton Paul de Tarse. Moi vivante, ses épîtres ne feront jamais partie des Écritures, tu as compris? Un homme qui condamne la copulation! Et puis quoi encore?

— Il n'interdit pas tout à fait la copulation, Maîtresse, il dit simplement, que si on ne peut pas s'en empêcher, on ne peut se livrer à l'acte impur que dans le cadre du mariage, c'est tout.

— Le mariage n'a jamais rien eu à voir avec le sexe, tu le sais bien. Je suis très ouverte aux idées modernes, mais il y a des limites. Je disais justement à Modus que rien n'est plus beau que la fornication. S'en empêcher, c'est conduire à la disparition de notre espèce, contredisant en cela le commandement divin de croître et de multiplier.

— Mais comment faire quand on a pas de compagne ? je lance, en faisant un clin d'œil à Othon.

Marcia répond, excédée :

— Je te l'ai déjà dit : tu te débrouilles avec tes copains ou avec ta main gauche !

À ceux d'entre vous qui se disent que c'est plus pratique de se palucher avec la main droite, je rappelle que nous sommes à Rome. Or à Rome, on fait toujours les choses sales avec la main gauche. Il ne viendrait à personne l'idée de se torcher ou de se masturber avec la main droite, pas plus qu'on ne prête serment en levant la main gauche.

À ces mots, Saül bondit. Il perd toute prudence :

— Comment ? Sodomie ? Onanisme ? Mais tu as complètement perdu la tête Marcia ! Tu es bonne pour l'enfer, l'enfer pour l'éternité des siècles et des siècles et le jour du jugement dernier, nous ressusciterons tous dans nos chairs, mais toi, tu pourriras ! s'excite-t-il.

Devant tant de virulence, l'assurance de Marcia est ébranlée. Mais elle ne veut pas perdre la face.

— Tu racontes n'importe quoi ! Je ne sais pas ce qui me retient de demander à l'empereur de te faire empaler. Mais bon, dans le doute, je demanderai à l'évêque Victor de confirmer tes paroles.

Maintenant, c'est à Saül d'être mal à l'aise. Non qu'il craigne de se faire empaler. Je suis sûr que ce serait pour lui un délice. Mais il sait bien que Victor est prêt à tous les compromis avec le pouvoir pour réaliser son ambition : faire reconnaître officiellement l'évêque de Rome comme le chef de tous les évêques, le seul à décider ce qui est bien ou mal. Son rêve est de devenir *pontifex maximus*, autrement dit « le Pape ». Si réaliser ce rêve doit passer par le reniement des écrits de Paul de Tarse, il y a peu de chance que l'idole de Saül fasse long feu.

III

Campé fermement sur un quai d'Ostie, le port de Rome, Gruffudd, esclave responsable de la ménagerie impériale, scrutait l'horizon. Soudain il distingua au loin une voile familière, celle du bateau de Heddi, le fournisseur en animaux exotiques de la cour. Il éructa un cri de joie et se tournant vers un portefaix qui se trouvait là, lui grogna :

— La ostriche elle venir du l'Afouique à la finalement ! Vite vite, dire à Modus.

— Quoi ? répliqua l'autre. Qu'est-ce que tu racontes ?

Un marin qui passait par là intervint :

— Il faut prévenir Modus, l'essuie-main de l'empereur. Lui seul comprend ce qu'il dit.

*
* *

Quand je dois m'absenter, je demande à un cousin de me remplacer. Des cousins, j'en ai des tas dans le palais. Entre esclaves, on est cousins quand on vient peu ou prou du même bled. Moi, je viens du sud de l'Égypte. Il y a environ un siècle, le général

Maternus effectua une expédition au pays des rhino-céros — c'est comme ça que les romains nomment ma province d'origine, nous, on l'appelle le pays d'Agisymba. Il se trouve au sud du grand désert. Ses habitants ont la peau très foncée. Les romains nous désignent d'ailleurs du mot grec *aithiops*, qui signifie « face brûlée ».

Je n'ai pas connu mon pays natal. Je sais que mes parents ont été ramenés d'Afrique avec les premiers rhinocéros apportés à Rome pour les jeux du cirque. J'ai eu un premier maître à la mort duquel j'ai été vendu à Crispina, la première épouse de l'empereur. C'est elle qui m'a renommé Modus. Mes parents m'appelaient autrement, et mon premier maître me nommait *Fuscus*. Ensuite, quand Commodus répudia et bannit Crispina pour avoir comploté contre lui, il me prit à son service. Je lui suis éternellement reconnaissant de m'avoir épargné. En effet généralement, quand on se débarrasse de quelqu'un, on s'assure qu'aucun de ses esclaves ne survive, car on ne sait jamais ce qu'ils peuvent avoir vu ou entendu. La disparition de Crispina a été tout bénéfice pour moi. Quand je la servais, j'étais simple garçon d'étage. Maintenant, j'occupe une charge que beaucoup m'envient. En plus, pas de danger de jamais repasser au service de madame Commodus : l'empereur l'a faite zigouiller l'année dernière.

L'empereur n'aime pas trop utiliser un autre essuie-main que moi mais comme il est super sympa, il me laisse quand même vaquer à mes petites af-faires. Du moment que je n'abuse pas et que j'assure mon remplacement, j'ai pas mal de liberté d'aller et venir. Le problème, ce sont les cousins. Ils ne sont jamais chauds pour prendre ma place. À chaque demande de remplacement, ce sont palabres et marchandages sans fin.

— Je te donnerai ma part de poisson pendant une semaine si tu me remplaces le temps d'aller à Ostie et de revenir, je propose à Aïr, un cousin.

— Lequel ? me répond-il.

— Comment ça, lequel ?

— Le poisson... La fois passée, tu m'avais dit la même chose et je me suis retrouvé à devoir manger ton poisson maigre, que je déteste.

— Bon, alors je précise : je te donne ma part de poisson *gras* si tu me remplaces jusqu'à après demain. D'accord ?

— Pendant une semaine ?

— Pendant une semaine.

— Et pourquoi tu dois aller à Ostie ?

— Pour réceptionner les autruches. Tu sais bien que Gruffudd est perdu sans moi.

— C'est bien parce que c'est toi et parce que l'empereur ne fait rien de trop cochon en ce moment, accepte Aïr d'un ton faussement bougon.

Moi, je sais que dans le fond, il est bien d'accord pour qu'on s'occupe des autruches car il est un des plus grands fans de tous les jeux qui impliquent cet animal. Comme l'empereur aime encore plus se faire admirer de ses esclaves que des patriciens, nous sommes toujours aux premières loges quand il se produit dans l'arène. Nous, on adore. Les patriciens, ils détestent. Mais ils sont bien obligés de venir. Nous, ça nous fait marrer de voir comment ils se forcent à faire semblant d'être contents d'être là.

*
* *

Pour me rendre de Rome à Ostie, je profite du char de Flaccus, un centurion de la garde prétorienne qui m'a à la bonne car il se figure que j'ai l'oreille de l'empereur, vu ma position. Je le soupçonne même de s'imaginer que j'appartiens aux *frumentarii*, la police secrète de l'empereur.

— Tu vas voir, on va foncer. On sera à Ostie ce soir, me dit-il, confiant.

Pendant le trajet, nous tapons la discute.

— Tu connais peut-être mon ancêtre, raconte Flaccus. Septimius Flaccus a été un des premiers à partir à la découverte du pays des rhinocéros. C'était sous le règne de Domitien. À l'époque, on voulait savoir où étaient les limites du monde. Les empereurs lançaient des expéditions dans tous les sens. Mon aïeul a peut-être rencontré tes aïeux, qui sait ? À l'époque, ton pays était encore plus inconnu que maintenant. On croyait que les *aithiops* avaient de grandes oreilles tellement extensibles qu'ils pouvaient s'envelopper dedans pour passer la nuit ! Et maintenant, regarde ça, je te parle d'égal à égal et je vois bien que tu es un homme comme les autres.

— Tu vas y faire quoi, à Ostie ? je l'interroge, ignorant ses remarques historiques et démagos.

— Je vais prendre des renseignements. Il paraît qu'un complot contre l'empereur s'y prépare.

— Quoi ! encore ? je m'étonne.

23

— Eh oui, entre les complots que l'empereur imagine, ceux dont ses opposants rêvent, et ceux qui sont réels, nous passons notre vie à déjouer toutes sortes de conspirations plus ou moins fumeuses. Note, ça nous fait voyager et certaines sont plutôt marrantes.

— Ah oui ? Quoi, par exemple ?

— Ben, il y a eu la fois où un marchand syrien, excédé par les impôts, avait demandé à une pythie d'envoyer des sorts sur le palais impérial. Comme il était radin, il avait embauché une vieille dont plus personne ne voulait car elle était complètement sourde. Le premier jour, elle s'installe devant le palais et murmure pendant toute la journée des incantations, comme pour elle-même. Tu penses bien que ça n'a pas marché. Le marchand la rabroue, menace de ne pas la payer. Alors, elle, convaincue que l'échec de ses salamalecs est dû à sa surdité, elle recommence le lendemain, mais cette fois-ci, en haussant légèrement la voix. Du moins, c'est ce qu'elle croyait. En réalité, elle hurlait comme une dératée. « Crève, Commodus, immonde serpent qui se prend pour un lion ! » beuglait-elle devant nous, les gardes. Nous on rigolait plutôt, mais un gars de chez nous un peu plus malin que les autres a fait remarquer que si ces vagissements venaient à l'oreille de l'empereur, on pourrait passer un sale quart d'heure. Un autre encore plus malin a fait remarquer que la vieille était un moyen pas trop pénible d'avoir de l'avancement. Alors, on l'a attrapée et on l'a fait parler. Le moins évident, ça a été de se faire entendre d'elle. Elle était vraiment dure de la feuille.

Enfin, elle nous a livré de nom du marchand sur la promesse qu'elle serait payée. C'était un boutiquier insignifiant qui vendait de l'huile d'olive et des dattes. Inutile de te dire que quand nous avons rapporté l'affaire à Commodus, le gars était devenu le chef d'une conspiration internationale. On a même été chercher son frère à Tyr pour partager son sort.

— Et qu'est-ce qu'il est devenu ?

— *Damnatio ad bestias*, tu connais ?

— Oui, c'est être condamné aux fauves du cirque...

— Voilà. Le marchand, sa famille, son frère, la famille du frère et bien sûr leurs esclaves... Tous dans l'arène. Il a fallu trois lions pour en venir à bout.

— Et la vieille ?

— On s'est cotisé pour lui payer don dû et on l'a renvoyée chez elle. Elle n'avait fait que son boulot, on n'avait rien à lui reprocher. On n'est pas des bêtes, tout de même !

Nous roulons un moment silencieusement. J'aime bien parler avec Flaccus. Il est marrant, pas prise de tête. Au bout d'un moment, à force de le deviner me regarder à la dérobée, je dis :

— Il y a quelque chose que tu dois me dire, Flaccus ?

— Ouais... c'est un truc qu'on se demande tous, à la caserne...

— À propos de ?...

— À propos de Marcia.

— Marcia ?

— Oui, on se demande si c'est vrai, pour ses seins ?

— Ses seins ?

— Oui.

— Les seins de Marcia ?

— Oui.

— Les seins de Marcia, la favorite de l'empereur ?

— Oui.

— Eh bien, qu'est-ce qu'ils ont ses seins ?

— Est-ce que c'est vrai, qu'elle en a trois ?

— Tu me demandes si Marcia a trois seins ?

— Oui. Ça serait trop coule si c'était vrai !

— Oui, bon seulement, ce n'est *pas* vrai.

— Comment tu le sais ?

— Tu penses bien que je les vois, quand ils s'envoient en l'air, elle et Commodus ! Tu ne crois pas qu'ils se gênent pour moi, quand même ?

— Ah oui, c'est vrai, dans ta position, tu as accès à plein de secrets. Ça doit être génial.

— Bof, la plupart du temps, c'est plutôt dégueu. Mais d'où ça te vient que Marcia, elle aurait trois nichons ?

— Ben on se demandait comme ça, avec les copains, ce que l'empereur peut bien faire de la même femelle depuis si longtemps… Une chrétienne, en plus. Elle doit bien avoir quelque chose… Moi et Caius, on se disait que ça devait être un truc super louche. Un troisième sein, c'est super plausible. Caius m'a assuré qu'aux confins de la Syrie, aux abords du royaume de Palmyre, c'est très courant.

Franchement, qu'est-ce qui fait que l'empereur tienne tant à Marcia ?

— D'abord, je ne sais pas s'il tient à elle tant que ça. Il en a d'autres, beaucoup d'autres. Il a bien trois cent têtes dans son harem. Et vu la forme qu'il tient, ça ne fait pas de trop !

— Mais ça fait un million d'années qu'ils sont ensemble. En plus tu connais la rumeur qui voudrait qu'elle ait fait partie des complices de Lucilla…

— Tu veux dire la sœur de l'empereur, qui a tenté de l'assassiner, il y a dix ans ?

— Oui.

— C'est n'importe quoi ! Marcia assassiner Commodus ? ! Mais c'est son unique source de revenus. De plus, elle l'aime bien pour de vrai. Elle le lâchera éventuellement un jour, mais ce ne sera pas avant d'avoir réussi à se faire épouser par lui, et crois-moi, ce n'est pas gagné !

— Bon d'accord, mais *lui*, qu'est-ce qu'il lui trouve ? Je suis sûr qu'elle est super bonne au pieu, mais franchement, quand on est empereur, des cochonnes on doit en avoir treize à la douzaine, non ?

— J'en sais rien moi…

Flaccus me regarde d'un air incrédule, déçu et vaguement soupçonneux. Je me rends compte que j'ai intérêt à satisfaire sa curiosité sous peine de baisser dangereusement dans son estime.

— J'ai bien une théorie… j'esquisse.

Flaccus reprend illico son air réjoui et conspirateur et lance :

— J'en étais sûr ! Dis-le moi, je te jure que je ne le répèterai à personne.

Je sais ce que vaut la parole d'un homme libre donnée à un esclave, mais je fais mine de ne pas m'en apercevoir et j'enchaîne :

— Tu vas être déçu, je crains. Il n'y a rien de louche dans l'attachement que l'empereur éprouve pour Marcia. C'est sa personnalité qui fait toute la différence, pas son cul. En fait, c'est parce qu'elle n'est pas pourrie comme les trois quarts de son entourage, que l'empereur l'affectionne. Ce qui est extraordinaire chez Marcia, c'est sa droiture. Sa rectitude d'âme, c'est précisément ce qui fait sa rareté.

Pour le coup, Flaccus est vraiment déçu. Il me fait pitié. Je me dépêche de lui balancer :

— Cela dit, il doit y avoir autre chose, tu as raison. Mais quoi ? C'est pas un truc physique en tout cas, j'aurais remarqué.

Nous passons le reste du voyage en spéculations sur ce que peut être le « truc » de Marcia. Nous discutons aussi des jeux à venir. Ce qui nous ramène au thème des autruches. Flaccus s'en fiche, des autruches. Lui, il n'aime que les lions. Étrangement, nous n'avons aucun problème d'approvisionnement en bêtes fauves en ce moment.

À la fin de l'après-midi, nous atteignons Ostie.

IV

Arrivé à Ostie, je prends congé de Flaccus. En me dirigeant vers le port, je pense à ce grand dadais de Gruffudd.

Ça va faire trois ans qu'il est arrivé au palais. Avant, ce sont les manutentionnaires du cirque qui s'occupaient des bêtes à l'usage de l'empereur. Mais ils faisaient tellement de bourdes qu'ils passaient leur temps à se faire condamner à être dévorés par leurs propres animaux. Inutile de dire que ça ne marchait pas bien. Généralement, les fauves répugnent à se farcir ceux qui les soignent.

Il y a trois ans, le gouverneur de Bretagne, Pertinax, a été rappelé à Rome. D'après ce qu'on a compris, il avait maté une mutinerie au sein de l'armée avec un peu trop de vigueur. Quand on sait que la force de l'armée romaine est basée sur le fait qu'un soldat romain craint davantage ses supérieurs que le plus féroce ennemi, on imagine la mesure des représailles de Pertinax. D'habitude, la sanction pour une légion indisciplinée, c'est la *decimatio*. Les soldats sont divisés en groupes de dix. Dans chaque groupe, on tire une personne au sort et celle-ci est mise à mort par les neuf autres, le plus souvent par lapidation. Pertinax avait trouvé cette mesure encore trop douce et pour bien marquer les esprits, il avait imaginé de priver les survivants de nourriture jusqu'à ce que poussés par la faim, ils soient forcés de manger leur camarade décimé.

Je peux vous dire qu'après ça, les légions de Bretagne se sont tenues à carreau. Cependant, la réputation de Pertinax en a pris un coup. L'empereur lui-même s'est ému de ces méthodes. Pour se faire pardonner, Pertinax n'est pas rentré à Rome les mains vides. Il s'est présenté à l'empereur avec cinquante ours d'un bon gabarit. Commodus était ravi. Sa passion, c'est de massacrer des bêtes sauvages. Quand on pense qu'il est le fils de Marc-Aurèle, l'empereur-philosophe, on a du mal à le croire. D'ailleurs, si l'on en croit les bruits qui courent au sein de la plèbe, cette différence de caractère entre le père et le fils s'explique facilement. La mère de Commodus, Faustina, avait la réputation d'avoir la cuisse légère. Elle avait l'habitude de se taper des marins et des acteurs, en cachette de son mari. Un jour, c'est un gladiateur qui se retrouva dans le lit de l'impératrice. Vous vous imaginez bien qu'une fois là, le gars n'a pas joué aux dés. On suppose que cette nuit-là, la panse de mouton qui sert ordinairement de préservatif n'a pas bien fonctionné ou alors, elle était mal mise... toujours est-il que Faustina s'est retrouvée enceinte.

Comme elle était rouée, elle aurait pu cacher cette aventure à son mari. Mais au cours de sa grossesse, elle tomba malade. Une vieille nourrice chrétienne qui ne la quittait jamais la persuada que cette maladie lui était envoyée par Dieu pour la punir de son adultère et qu'elle allait mourir si elle n'avouait pas « sa faute » à son mari. Les chrétiens ont cette étrange croyance que si on fait quelque chose de mal, ce n'est pas grave, mais seulement si on l'avoue et qu'on demande pardon. Faustina, affaiblie et terrorisée par la pensée de la mort, se confia donc à son époux. Marc-Aurèle était bien embêté. Normalement, il aurait dû répudier Faustina, mais il ne put s'y résoudre tant il était épris d'elle. Il consulta les sages de l'empire qui lui conseillèrent de faire mettre à mort le gladiateur et de faire prendre à Faustina un bain dans le sang de son amant, pour expier. Et ça a marché ! Faustina a guéri et a mis au monde… des jumeaux — chacun sait que les femmes adultères donnent toujours le jour à des jumeaux. C'étaient Commodus et son frère Antonin. Antonin mourut à l'âge de quatre ans et Commodus survécut. Marc-Aurèle, qui était vraiment super philosophe, passa l'éponge sur toute cette histoire et avant sa mort, il adouba officiellement ce fils qu'il savait ne pas être le sien et lui confia même les rênes de l'empire.

Résultat des courses, à cause de son père biologique, Commodus adore tous les trucs de gladiateurs. Il a tout fait dans l'arène, courses de char, combats, chasses aux animaux les plus étranges… tout. Il invente sans cesse des trucs marrants. En ce moment, ce qu'il aime faire, c'est se déguiser en Hercule. Comme le demi-dieu de la légende, il se recouvre d'une peau de lion et s'arme d'une massue.

Ensuite, il se rend dans le cirque et il force tout le monde à le vénérer comme le fils de Jupiter.

Déguisé en Hercule, Commodus a mis quelques heures à tuer tous les ours de Pertinax. Il les a affronté un par un au corps à corps, armé seulement d'un glaive. Au début, il a bien essayé de les tuer avec sa massue, pour faire comme Hercule, mais au bout du deuxième ours, vu la difficulté de la tâche, il a renoncé. Il a tout simplement décidé que Hercule, en plus de sa massue, avait un glaive qu'il utilisait quand il avait à tuer des ours. Ce révisionnisme a choqué un peu les spécialistes des mythes se trouvant là, mais bien évidemment, personne n'a mouffeté.

Quand le dernier ours a été massacré, on a vu au fond de l'enclos un être qu'on a d'abord pris pour un ours qu'on avait oublié. En fait, il s'agissait d'un breton. On a supposé que c'était l'esclave chargé de soigner les bêtes. Commodus a voulu se battre contre lui aussi. Mais au bout de deux minutes dans l'arène, comme il ne parvenait pas à en venir à bout, bien qu'il soit armé et que le breton pas, il a prétendu qu'après avoir tué cinquante ours, il était fatigué, qu'il ne fallait tout de même pas lui demander la lune, et il décida qu'on s'arrêterait là pour aujourd'hui. Il ne savait pas trop quoi faire du breton. Je pense qu'il aurait bien aimé le faire mettre à mort, pour lui apprendre à être plus fort que l'empereur mais quand il constata que tout le stade s'était levé, acclamait le breton et tendait le pouce en l'air, il n'osa pas et le graciât. Le breton, lui, regardait tout cela d'un air morne, pas le moins du monde embarrassé de s'être battu devant tout Rome contre *Caesar Augustus Imperator* en personne.

Vous l'avez compris, le breton, c'était Gruffudd.

Comme il fallait bien en faire quelque chose, on a d'abord voulu lui donner un rôle de gladiateur. Mais vu sa force prodigieuse, il gagnait tous les combats, même à mains nues contre des adversaires armés. Il n'y avait aucun suspense. Le public, enthousiaste dans un premier temps, s'est lassé. Finalement, on s'est souvenu de la raison pour laquelle il avait été ramené de Bretagne et on l'a mis au service exclusif des bêtes destinées à se faire trucider par l'empereur.

Depuis ce jour, il remplit cette fonction avec une conscience professionnelle qui suscite l'admiration générale. Tout le monde le craint, les bêtes, les hommes, les gladiateurs, et même l'empereur.

Quant à Pertinax, ses ours l'ont fait entrer dans les bonnes grâces de l'empereur. Il était déjà sénateur. Commodus s'est débrouillé pour qu'il obtienne toute sorte de charges lucratives : *praefectus urbanus*, *suffect*, etc.

*
* *

Arrivé au port, je n'ai aucun mal à localiser Gruffudd. Il suffit de se guider au son rauque de sa voix. Il est en train de hurler au scandale en secouant Heddi, le marchand libyen, comme une amphore dont il voudrait récupérer la dernière goutte.

C'est un véritable spectacle. Gruffudd doit bien mesurer deux mètres de haut, alors que Heddi a l'aspect général d'un poulet, taille comprise. Avant d'intervenir, je les laisse un peu se débrouiller entre eux. Les occasions de rigoler ne sont pas si nombreuses.

— Où elles sont, la ostriche !? s'énerve Gruffudd. Pourquoi toi pas naviguer la ostriche de ton Afouique pourrie ?

— Au secours ! À l'aide ! clame Heddi, désespéré. Je suis citoyen romain, j'ai droit au respect. J'ai ma dignité. J'en appelle à l'empereur. La garde !

Il faut dire que Heddi ressemble à tout, sauf à un homme libre, et encore moins à un citoyen romain. C'est la raison pour laquelle il est sans cesse obligé de rappeler son statut. Il arbore un anneau de citoyenneté énorme, complètement disproportionné sur ses pattes de gallinacée. Il fait constamment attention d'être bien vêtu comme à Rome, la toge toujours impeccable. Il consacre la plus grande partie de sa fortune à acheter charges et honneurs dont il fait état à tout bout de champ. Mais rien n'y fait, on ne le prend jamais au sérieux.

Gruffudd, lui, a beau être un esclave qui sait à peine s'exprimer en latin et dont on n'est même pas sûr qu'il connaisse sa propre langue, son aura est telle que l'empereur lui-même ne la ramène pas trop en sa présence. Il est grand, fort, beau, rayonnant. En plus, il sait ce qu'il veut. Et aujourd'hui ce qu'il veut, ce sont ses autruches.

Au bout de dix minutes, quand je juge que Heddi a été assez secoué et que tout le monde s'est bien fendu la poire, j'interviens :

— Eh *ave* Gruffudd ! Il y a quelque chose qui ne va pas ?

En entendant ma voix, Gruffudd s'interrompt et m'expose l'affaire. Comme d'habitude, je ne suis pas entièrement sûr de tout comprendre, mais d'après ce que je peux reconstituer, Heddi devait rapporter des autruches d'Afrique et à l'arrivée, il n'y a pas d'autruche. On est bien embêtés car l'empereur est sensé se produire au cirque pour les ides et les ides, c'est dans cinq jours.

Je ramasse ce qui reste de Heddi et je lui demande :

— Pourquoi n'as-tu pas d'autruche ? Tu sais bien que ça énerve Gruffudd. Il est tout calme d'habitude.

— C'est pas de ma faute, pleurniche Heddi. Mon fournisseur maure est en panne d'autruches. Il dit que vous en consommez trop. Il refuse tous les autres clients à cause de vous mais même comme ça, il n'en trouve pas assez.

Gruffudd nous regarde sans comprendre, mais à son air, je devine qu'il veut que je traduise. Je devine aussi qu'il vaut mieux que la traduction ne soit pas ce que vient de me dire Heddi. Je réfléchis à toute vitesse.

— Heddi, je ne peux *pas* dire ça à Gruffudd, trouve un truc, vite !

— Mais ne t'inquiète pas ! Nous avons deux cents autruches qui arrivent dans une semaine, c'est garanti.

— Une semaine, c'est après les ides. Trouve un truc mieux.

— J'ai autre chose. Si ton barbare voulait m'écouter…

Pendant cet échange, Heddi et moi nous faisons mine de sourire et d'être bien contents, pour donner le change à Gruffudd. Mais celui-ci n'est pas dupe, ils voit bien que nos sourires sont un peu crispés. On est tous un peu tendus et notre digestion est perturbée.

— Est-ce que vous voulez voir un truc complètement nouveau ? demande Heddi.

Il se tourne vers Gruffudd et prenant confiance, vu que je me trouve entre lui et l'ours celtique, faisant écran, il lui dit, en parlant tout doucement et en agitant les mains :

— Nouveau ! Jamais vu dans le cirque ! Toi vouloir voir ?

Gruffudd est méfiant mais il acquiesce. Il sait d'expérience que Heddi fait parfois des trouvailles qui valent le coup.

Heddi se tourne alors vers son bateau et lance quelques ordres dans sa langue. Au bout de quelques instants, nous assistons à la plus extraordinaire apparition de tous les temps.

V

De la cale du bateau émerge d'abord un cou. Un cou très long, surplombé d'une tête aux yeux globuleux, bovins, ornée de deux cornes et d'oreilles très mobiles ; une gueule allongée et plate pourvue d'une langue si longue qu'elle peut sans effort nettoyer l'intérieur des naseaux, ce que la bête fait de façon compulsive, comme pour se calmer et se rassurer. Puis vient un corps d'une hauteur phénoménale. C'est simple, au garrot, la bête est plus haute que Gruffudd ! Et son cou est aussi long que ses pattes ! Elle est entièrement tachetée, à la manière des léopards. Malgré son angoisse, il se dégage d'elle une sérénité, une douceur qui prend aux tripes.

Derrière cet animal que personne d'entre nous n'a jamais vu, se trouve une apparition encore plus fantastique pour moi. Il s'agit d'une nubienne à lourdes bajoues. Elle est grande. Elle est belle. Elle est puissante. Elle est flanquée d'un postérieur callipyge dont je n'arrive pas à détourner les yeux. Elle s'efforce de pousser comme elle peut l'animal en dehors du bateau, tout en l'invectivant dans une langue qui ne me semble pas inconnue, quoi que je n'en comprenne pas un traitre mot. Je suppose que la fille étant une cousine, elle parle la langue que ma mère parlait, d'où cette impression de familiarité.

Gruffudd est scié. Il reste sans voix. Il contemple la bête. De mémoire, même quand il a rencontré un éléphant ou un rhinocéros pour la première fois de sa vie, je ne crois pas l'avoir vu si captivé.

Nous restons ainsi de nombreuses minutes à suivre le moindre mouvement de cet étrange débarquement. Moi, je ne quitte pas la nubienne des yeux, Gruffudd la bête. Heddi est tout content de son effet.

— Alors qu'est-ce que vous en pensez ? glousse-t-il. Vous avez déjà vu ça, à Rome ?

— J'ai assisté à pas mal de jeux et je suis sûr de ne jamais avoir rien vu de pareil. C'est quoi ce truc ? je demande, sans cependant quitter la nubienne des yeux.

— Les grecs appellent cela *camelopardalis*, me renseigne Heddi. En latin, on dirait « camélopard ».

— Tu veux dire que cet animal est un croisement en un chameau et un léopard ?

— Exactement. Je peux t'assurer que quand tu sauras le prix, tu te rendras compte de la rareté de cette bête, ajoute Heddi, dont le sens du commerce ne se dément jamais.

Gruffudd suit cet échange du mieux qu'il peut. Il intervient soudain :

— *Magnus*, camélopard, éructe-t-il.

Magnus — grand —, c'est un mot que Gruffudd n'emploie que dans des occasions très spéciales.

Quand il est vraiment impressionné par quelque chose. Je crois bien qu'il ne l'a employé qu'une seule fois avant aujourd'hui : quand il a perdu son pucelage. C'était avec une cantinière à soldats qui s'était perdue dans la ménagerie un jour de canicule. *Magnus*, c'est le premier mot de latin qu'il a appris. Il le connaissait avant de venir à Rome. Dans sa tribu, on parlait avec beaucoup de respect de Pompée le Grand (*Magnus Pompeius*), allez savoir pourquoi. Toutes ces informations on dû se mélanger dans l'esprit de cet être primitif, et au final, l'adjectif *magnus*, qui n'est rien de plus ordinaire pour nous, a une signification particulière pour ce débile.

— *Magnus* ! répète Gruffudd.

Heddi commence à se demander ce qui arrive au breton. Je lui explique l'histoire de *magnus*. Heddi demande comment il peut être possible que Gruffudd ait trouvé une compagne pour satisfaire ses besoins génésiques, vu sa laideur, son odeur, son poids, son emploi etc.

— Ça a dû lui coûter une fortune, conclut-il.

Je lui fait remarquer que Gruffudd n'a pas l'habitude de payer pour obtenir ce qu'il veut. On ne sait même pas s'il comprend le concept d'échange marchand. La première fois qu'il a reçu un sesterce, il l'a mangé. Depuis, quand on veut le récompenser, on lui donne une part supplémentaire de viande, la même que celle qu'on donne aux fauves. Heddi est horrifié.

— Mais alors, la cantinière… dit-il.

— Si tu veux mon avis, ça m'étonnerait qu'elle ait été consentante, je spécule.

Pendant que nous devisions ainsi, la nubienne a calmé le camélopard et elle se joint à nous. Son gros derrière bien cambré lui donne une démarche de jument en chaleur. Je me force à ne pas le regarder de crainte qu'une érection ne s'empare de moi.

— C'est toi, le soigneur de bêtes de l'empereur ? me demande-t-elle.

Elle se débrouille pas mal en latin.

— Non, moi, je suis son essuie-main. Le soigneur, c'est lui, je dis en montrant Gruffudd qui continue à fixer le camélopard en ânonnant : *magnus... maaaagnus...*

Heddi étant un homme libre, il ne lui viendrait pas à l'idée de faire les présentations entre esclaves. Je me décide donc :

— Je m'appelle Modus, lui c'est Gruffudd. Et toi ? je demande à la fille.

— Tanaït.

La vache ! Même son prénom est bandant !

— Il est vraiment super ton camélopard. Il a fait tout le voyage dans la cale ?

— Bien sûr que non, on l'a laissé sur le pont. Mais Heddi a insisté pour qu'on le fourre là-dedans, pour vous faire une surprise. Ça m'a pris des plombes. Encore une de ses idées à la con...

Je suis un peu choqué de ce manque de respect pour son maître, mais heureusement, Heddi n'écoute pas. Il est en train de contempler Gruffudd qui manifestement le fascine.

— Et comment il s'appelle ? je demande.

— Zaraf. Ça vient de ce que nous, les camélo-pards, on appelle ça « *zarafa* », poursuit Tanaït en latin. Tu ne parles pas nubien ?

— Non, j'ai été séparé de mes parents très jeune. Je n'ai pour ainsi dire que parlé latin toute ma vie. Comment tu connais le latin, toi ?

Elle me raconte que bien qu'elle ait passé l'es-sentiel de sa vie en Égypte, la famille qu'elle servait refusait de parler grec. Il s'agissait de proscrits ro-mains ayant toujours gardé l'espoir de pouvoir re-venir à Rome et qui ne se sont jamais fait à la vie égyptienne, surtout pas au grec, une langue d'intel-los, d'après de chef de famille.

Pendant que nous discutons, Heddi, qui doit connaître la vie de Tanaït sur le bout des doigts, se désintéresse de la conversation. Il est en admiration devant Gruffudd qui lui, est en admiration devant le camélopard. Ce qui perturbe un peu Heddi, c'est que Gruffudd lorgne un endroit précis que rigoureusement les mères défendent de nommer ici.

— Mais qu'est-ce qu'il trafique encore, ton aus-tralopithèque ? demande Heddi.

— Ah ! Je vois que tu ne connais pas la passion de Gruffudd, je réponds.

— Sa... passion ?

— Oui, Gruffudd, ce qu'il aime faire par dessus tout, c'est soupeser.

— *Soupeser* ?

— Oui, il adore les couilles. Rien ne lui procure plus de satisfaction que de soupeser une paire de couilles. Plus elles sont grosses, mieux c'est.

Heddi, qui vu son aspect général doit avoir des roubignolles de poulet, n'en revient pas. Pas sûr qu'il comprenne de quoi il s'agit. Tanaït se marre. Elle a un rire vaguement gras, un peu rauque, bref charmant.

— Tu veux dire que là, il se demande comment il va pouvoir soupeser les testicules du camélopard ?

— Oh oui, j'en suis sûr. Dans sa tête doivent s'échafauder des tas de plans pour parvenir à ses fins.

— Mais enfin, le camélopard est trois fois plus grand que lui. Il ne va jamais y arriver !

— Tu rigoles ? Gruffudd, il a un don avec les animaux. Il a soupesé des éléphants, des rhinocéros, des hippopotames... Tu penses bien qu'il va trouver un moyen pour le camélopard !

— Au moins, il ne s'en prend qu'aux animaux, j'espère.

— Oui, la plupart du temps. Mais quand il était gladiateur, il n'avait accès qu'à des hommes et il a dû s'en contenter. Je te raconte pas les histoires que ça a fait, dans les vestiaires.

— Ils sont quand même vraiment bizarres, en Bretagne...

— Tous les bretons ne sont pas comme ça. Il y en a un qui travaille aux cuisine, il est tout ce qu'il y a de plus normal. En fait Gruffudd, c'est à cause de son histoire, qu'il est comme ça.

— Son histoire ?

— Oui. Ça remonte à sa mère... tu sais comment les femmes qui attendent un bébé ont parfois des envies bizarres ?

— Ben oui.

— Eh bien la mère de Gruffudd, ce dont elle avait envie quand elle était enceinte de lui, c'était de boire du sang humain. Elle résista tant qu'elle pût, mais à la fin, le désir devenant trop fort, elle s'en ouvrit à son mari. Celui-ci, un potier un peu bourru, lui mit quelques mandales pour lui faire passer l'envie. Mais rien à faire. Finalement, il consentit à accéder à l'étrange désir de sa femme. Il s'ouvrit légèrement les veines et la fit boire. Celle-ci, immédiatement soulagée, s'assoupit d'un coup. Ça faisait des semaines qu'elle n'avait pas dormi. Quand elle s'éveilla, elle accoucha de Gruffudd et elle mourut.

« Le père ne savait pas quoi faire de ce nourrisson tout velu qui — dans son esprit — venait de tuer sa femme. Il demanda conseil aux anciens. Ceux-ci lui demandèrent comment la grossesse s'était passée. Le père dût avouer qu'il avait fait boire du sang humain à sa femme. Les anciens furent pris de court. Ils n'avaient jamais eu affaire à un cas pareil. Clairement, ce comportement appelait un châtiment, mais lequel ?

« — Je pourrais peut-être être condamné à abandonner l'enfant ? suggéra le père, qui n'avait aucune envie de se coltiner un marmot dont la vie commençait sous de si sombres auspices.

« Les anciens trouvèrent que c'était une excellente idée. Le père courut par tout le village pour hurler son désespoir. Mais que voulez-vous, il faut bien se plier aux jugements des anciens, sinon le monde perdrait tout son sens.

« Il prit le petit Gruffudd et le laissa dans la

forêt, pas loin de l'antre d'une ourse. C'est celle-ci qui l'éleva.

« Quand les romains commencèrent à explorer la forêt à la recherche d'ours pour les jeux du cirque, ils tombèrent un jour sur Gruffudd et s'en emparèrent. Il était encore petit, à l'époque. Les romains comprirent qu'il avait été abandonné et après une enquête qui identifia le père, ils obligèrent celui-ci à le reprendre. Le père fût bien content de recevoir ainsi gratuitement une aide pour son activité mais il fît bien attention de se plaindre publiquement de ce que l'occupant romain l'obligeait à désobéir aux anciens. Gruffudd, lui, préférait toujours les ours et ne pût jamais vraiment se mettre à la poterie. Son père, humainement, finit par reconnaître la vocation de son fils pour les bêtes et il le vendit aux romains comme esclave. Il avait fait ses comptes. Son fils cassaient plus de pots qu'il n'en produisait et se révélait trop peu rentable. »

— Une bien triste histoire, commente Heddi.

— Ouais. Je crois qu'après ça, Gruffudd est fixé sur la nature humaine. Il ne l'explique pas vraiment, mais il a une aptitude unique à réussir à faire comprendre à tout le monde qu'il vaut mieux ne pas le faire chier.

VI

Tanaït me quitte pour aller soigner Zaraf. Gruffudd l'accompagne. Il a arrêté de baver ses *magnus*,
mais il est toujours en transe. Moi, je me rends à la
taverne *Puls Fabata*, un lieu où Flaccus a ses habitudes. Je l'y trouve en effet. Il est en train de taper
la discute avec Syphon, le tenancier.

— Je te redis qu'il n'y a rien de suspect à Ostie
en ce moment. Tu penses que je le saurais, avec
mes esgourdes, rigole Syphon, que la nature a doté
d'oreilles démesurées desquelles pendouillent deux
anneaux de cuivres verdis par la rouille.

Flaccus ne s'en laisse pas conter.

— Tu vas bien me dégoter un truc. Je ne veux
pas m'être tapé la route jusqu'ici pour rien ! Il n'y
a pas un mec louche qui traîne ? C'est pas possible !
Ostie est le point de rendez-vous de tous les paumés
de l'empire.

— Bon, je vais voir ce que je peux faire. On va
peut-être te trouver un collègue qui veut se débarrasser de quelqu'un…

— Merci. T'es un vrai pote. Je te revaudrai ça.

— Attend ici une heure ou deux, je vais envoyer Quintus aux renseignements.

Quintus, c'est le cinquième fils de Syphon. Un grand échalas dont le rêve est de devenir flic. Il n'a pas son pareil pour dénicher complots et mystères partout. Il trouverait dix choses à reprocher à la plus honnête matrone. Il en inventerait, au besoin. Un bon point cependant, Quintus n'a jamais dénoncé un esclave. Pas par humanité, mais parce que dans son esprit, mettre à jour les forfaits d'un esclave n'a pas assez de valeur. Quintus rêve de tomber sur un complot impliquant des gens riches et puissants et d'entrer un jour dans les *frumentarii*, la police secrète de l'empereur. La moitié des habitants d'Ostie croient d'ailleurs qu'il en fait partie. L'autre moitié n'en est pas sûre et dans le doute, tout le monde craint Quintus, pour son plus grand plaisir.

Moi, je suis content qu'on mette ce mouchard de Quintus sur le coup. Ça veut dire que l'affaire de Flaccus va être rondement menée et que celui-ci va rentrer à Rome très rapidement et porter un message à Marcia. Je dois l'informer que les autruches ne sont pas arrivées mais que moi et Gruffudd nous avons une surprise qui devrait satisfaire l'empereur. Il nous faut juste un peu de temps pour la ramener à Rome. Je fais dire à Marcia que Gruffudd a vraiment besoin de moi, mais la vraie raison pour laquelle je ne rentre pas avec Flaccus, c'est que je veux faire le voyage jusqu'à Rome en compagnie de mon idole Tanaït.

Au bout de deux heures, Quintus n'est toujours pas revenu. Flaccus n'arrive plus à se concentrer sur la partie de dés que nous sommes en train de disputer. Il s'impatiente. Moi aussi, d'ailleurs. Il me tarde de rejoindre Tanaït.

— Qu'est-ce qu'il fout, ton puceau ? demande Flaccus à Syphon qui commence, lui aussi, à manifester quelques signes d'inquiétude.

— Ben je sais pas. J'espère qu'il ne lui est rien arrivé de fâcheux. Avec son esprit fouineur de flic, on ne sait jamais s'il ne va mécontenter quelqu'un et se prendre un coup de poignard dans le dos, au détour d'une ruelle.

Enfin, après quelque temps, Quintus réapparaît. Il n'a pas l'air trop content. Il s'exclame :

— La mesquinerie des gens ! Je te jure.

— Tu as découvert quelque chose ? demande Flaccus.

— Oui, mais ça va te coûter 500 sesterces.

— Quoi ? !

— Les gens disent qu'il n'est plus question pour eux de *donner* des renseignements. Plus personne ne veut aider la justice pour rien !

Moi, je ne suis pas trop surpris. Sous le règne de l'empereur Commodus, l'argent est devenu roi. C'est lui qui fait la loi. Tout se vend et tout s'achète : les honneurs, les charges, l'innocence ou la culpabilité d'un homme, les témoignages. On a même vu des cas où les suspects monnayent leurs aveux.

— Bon et qu'est-ce que j'ai pour 500 sesterces ? s'énerve Flaccus.

— Pour ce prix-là, je te dévoile un vrai complot, avec un vrai mec à accuser et tout, et tout.

Un *vrai* mec, pour Quintus, c'est un homme libre ou à la rigueur un affranchi, pas un esclave.

— Ça me plaît pas trop, hésite Flaccus. C'est quand même pas net. Imagine si ça foire et qu'on apprend que j'ai payé pour avoir des renseignements...

— Tu rigoles ? réplique Quintus. C'est le contraire, de nos jours, ce sont les renseignements gratuits qui sont louches. Donner un renseignement, ça demande de prendre un risque. Personne n'irait s'emmerder à sortir de son petit confort pour rien. Aider la justice ? Mais tu l'as vue la justice ? Elle se débrouille très bien toute seule. Les magistrats ne sont pas les plus mal lotis, il me semble.

Flaccus ne sait pas trop comment réagir à cet étrange raisonnement.

— Tout de même, je ne suis pas trop habitué à ces pratiques... hésite-t-il.

— Avoue plutôt que tu es un gros radin, réplique Quintus. Je te dis que c'est comme ça maintenant. Tu refuses de voir la vie comme elle est, de t'adapter au monde moderne et aux pratiques de ton temps. Fossile, va !

Syphon, qui voit que Flaccus n'aime pas trop se faire traiter comme ça devant tout le monde, intervient :

— Quintus tu es un morveux. Tout Ostie sait que malgré tes quinze ans, tu es encore puceau.

Ferme-la et montre un peu de respect pour un homme qui a l'oreille de l'empereur...

— ... et un glaive dont il sait se servir, ajoute Flaccus, à la fois menaçant et moqueur.

La vérité, c'est que Flaccus n'a *pas* l'oreille de l'empereur, même s'il en rêve. Mais l'intervention de Syphon porte et Quintus se calme. Il bougonne :

— Bon, j'ai bien un truc gratuit, mais je vous préviens que c'est nul.

— Dis toujours gamin, jette Flaccus, conciliant.

Quintus nous met sur la piste d'un esclave préposé à un pressoir à huile d'olive. Un jour que son maître lui reprochait la qualité de l'huile qu'il produisait, il aurait prétendu que son huile était assez bonne pour servir de lubrifiant au trou de balle de l'empereur. Tout le monde sait que l'empereur ne dédaigne pas la sodomie, mais de là à jouer le rôle de la femme ! Ce n'est pas quelque chose à dire en public, tout de même.

— Il s'appelle Nucalis, détaille Quintus. Vous le trouverez dans son pressoir, à deux pas des thermes.

Flaccus remercie Quintus et pour bien montrer qu'il ne lui en veut pas, il lui donne de quoi se payer une passe. Syphon approuve, ravi.

— Tu es un chic type, Flaccus. Grâce à toi, le gamin va pouvoir enfin goûter les plaisirs de Vénus et arrêter de se trimballer son handicap.

Qu'est-ce qu'ils diraient, tous, s'ils savaient que moi aussi, sensiblement du même âge que Quintus, je n'ai jamais connu de femme ?

Flaccus va prendre livraison de l'esclave Nucalis accusé d'avoir manqué de respect à l'empereur.

L'arrestation se passe sans problème. Nucalis a l'air ravi de quitter son pressoir et sa vie monotone. Le maître demande bien comment il sera dédommagé de sa perte, mais devant l'air menaçant de Flaccus, il n'insiste pas.

Flaccus, flanqué de Nucalis et d'un message de ma part à destination de Marcia, reprend la route de Rome. Je me hâte alors de retourner au port pour retrouver Tanaït et Gruffudd.

*

* *

Je trouve Tanaït et Gruffudd en grande discussion. Je suis surpris et un peu jaloux de voir que Tanaït arrive à comprendre Gruffudd. La plupart des gens de ma connaissance s'épuisent à essayer de communiquer avec la bête et abandonnent au bout de quelques minutes.

Quand Gruffudd parle, ça fait une soupe de « grunt, grunt », entrecoupée de mots vaguement latins. Avec l'habitude, on arrive à en faire quelque chose et à reconstituer un récit. Le reste, on l'invente. Qui ira vérifier ?

Tanaït et Gruffudd sont en train d'organiser le transport de Zaraf. Ils ont décidé que le mieux était d'installer le camélopard dans une barge à blé tirée par des esclaves et de remonter ainsi le Tibre jusqu'à Rome. C'est de cette façon que la presque totalité des marchandises transite d'Ostie à la capitale. Il y en a pour trois ou quatre jours.

Nous nous mettons à la recherche de Heddi pour lui soumettre l'idée et organiser le paiement. Nous, esclaves, ne sommes pas autorisés à conclure d'affaires sans l'approbation expresse de nos maîtres. Moi, mon maître officiel étant l'empereur, un être inaccessible, je n'obtiens jamais le consentement de faire quoi que ce soit. Tanaït, elle, a été vendue à Heddi en même temps que le camélopard, étant la seule à savoir s'en occuper. Heddi, il se la pète quand il y a du monde, mais dès qu'il est seul avec ses esclaves, il est super coule. Obtenir son approbation ne présente en général pas de difficulté. Tanaït a de la chance d'avoir un maître comme ça.

Nous trouvons Heddi sur le forum. Il se tient devant le temple dédié au culte impérial. Il semble guetter quelque chose.

— Qu'est-ce que tu cherches ? je lui demande.

— Oh rien. J'attends qu'il y ait assez de monde pour entrer dans le temple. Je m'assure d'être vu par un maximum de gens. Ça n'est pas rentable de se taper des sacrifices et des incantations si personne n'en est le témoin.

— Pas con, je constate.

Tanaït lui expose ce qu'elle recommande pour acheminer Zaraf à Rome. Heddi n'est pas emballé :

— Il n'y a pas moyen de faire moins cher ? Pourquoi le camélopard ne peut-il pas marcher jusqu'à Rome ?

— Il peut, répond Tanaït, mais ça va le fatiguer. Et en plus, il faut trimbaler son fourrage avec lui car on n'est pas sûr d'en trouver assez en route.

— Si seulement j'étais sûr qu'il va plaire à l'empereur et que je vais en avoir un bon prix, émet

Heddi, j'investirais sans arrière-pensée. Mais imagine qu'on arrive à Rome et qu'il faille le remballer ?

— La meilleure chance de le fourguer, c'est qu'il présente le mieux possible, je dis.

— Camélopard, pas marcher ! grogne Gruffudd en serrant les poings.

Face à tous ces arguments — surtout celui avancé par Gruffudd — Heddi s'incline. Il se rend à la corporation des bateliers pour louer des barges et des esclaves et pour acquérir le fourrage et la nourriture du voyage. Je ne m'en fais pas trop pour sa bourse. Il refacturera tout cela au double à l'empereur qui payera sans faire d'histoires.

On ne voit pas pourquoi le camélopard ne plairait pas à l'empereur. De toute façon, si ce n'est pas de cas, vu qu'on n'a pas les autruches, on y passera tous et on ne connaîtra pas la fin de l'histoire.

VII

Comme le soir tombe, on se sépare jusqu'au lendemain. Heddi, Tanaït et Zaraf regagnent leur bateau. Gruffudd et moi, on se rend chez Syphon. Après un repas composé de fèves et de lard, nous gagnons l'écurie pour passer la nuit. Au moment de se coucher, Gruffudd est tout stressé, il tourne en rond, il cherche quelque chose à soupeser. Il ne peut pas s'endormir, sinon. Finalement, il porte son dévolu sur un grand étalon. Je ne sais pas comment il fait, mais après quelques conciliabules avec l'animal, j'entends Gruffudd se calmer dans le noir et le cheval émettre des frémissements de satisfaction.

Moi, ma théorie, c'est que l'ourse qui a recueilli Gruffudd, c'était en fait *un* ours et que Gruffudd, tout enfant, a appris à s'endormir dans le giron de son père adoptif. Vous savez comment ils sont, les mioches, ils ont besoin de se raccrocher à quelque chose. Et Gruffudd, il n'avait pas de doudou, il a pris ce qu'il a trouvé.

Enfin, on ne saura jamais. Quand on lui parle de cette époque, Gruffudd devient un peu agité et il est incapable de s'exprimer en langage humain.

*
* *

Le lendemain, à l'aube, nous retrouvons nos amis à l'embarcadère sur le Tibre. Il a là une vingtaine d'esclaves très costauds occupés à charger de fourrage une des deux barges louées par Heddi. Tanaït fait monter Zaraf dans la deuxième et nous les rejoignons une fois que nous nous sommes assurés que l'embarcation est stable. Heddi a entièrement confiance en Tanaït. Mais il décide cependant de nous accompagner, vu la valeur du chargement.

— Ça va faire plus de dix ans que je n'ai pas mis les pieds à Rome, nous confie-t-il. Ça doit avoir sacrément changé.

— L'empereur a fait quelques modifications en effet, je confirme. Si j'ai le temps, je te ferai visiter un peu.

Le conducteur des esclaves haleurs, un vieux grec nommé Antiphon, mets ses hommes en branle et nous commençons la lente remontée du Tibre.

Gruffudd m'énerve. Il est toujours à tourner autour de Tanaït. Je sais bien qu'elle ne l'intéresse pas en tant que femelle. Son but est purement professionnel, il veut en apprendre le plus possible sur les camélopards. Il lui pose plein de questions. Et elle, cette grosse dondon qui comprend tout ce qu'il dit ! Moi, je dois me farcir la conversation mondaine d'Heddi. Au lieu de ça, je pourrais mettre à profit ce voyage pour entreprendre Tanaït. Je suis décidé à en faire ma compagne.

Le soir du premier jour, nous nous arrêtons aux abords d'une ferme dont tous les bâtiments, y compris la *villa*, sont en bois. Il s'agit d'agriculteurs pauvres qui ravitaillent les voyageurs fluviaux. Heddi, en tant que le seul homme libre de notre groupe, est invité à passer chez le maître de maison pour la *cena*, le repas du soir.

Nous, c'est-à-dire Tanaït, Gruffudd, Antiphon et les haleurs, nous organisons un feu de camp et nous nous distribuons la nourriture qui nous est attribuée. Gruffudd disparaît dans les champs et revient avec du gibier que nous partageons. Voilà qui améliore l'ordinaire.

Après le repas, les haleurs, rompus de fatigue, s'endorment. Gruffudd s'occupe de Zaraf, il le nourrit, le promène, le lave. Moi, je sais qu'en faisant tout cela, il essaye de le soupeser, mais il n'y parvient pas.

Je profite que Gruffudd fait mumuse avec le camélopard pour me rapprocher de Tanaït. Autour du feu ne subsistent que moi, Tanaït et Antiphon. Tous les autres ronflent déjà. En tant que chef, Antiphon ne tire pas les barges, il est donc moins fatigué que les haleurs.

Antiphon se fait le porte-parole de ses hommes et pose plein de questions à Tanaït à propos du camélopard. Très rapidement, le pire se produit. Alors qu'elle essaie de dire quelque chose en latin et ne trouve pas le mot, Antiphon lui suggère un mot en nubien. Tanaït est ravie de parler sa langue. Comment ce vieux fossile de grec connaît-il une langue qui ne se parle que de l'autre côté de la *mare nos-*

trum ? Mystère. En tout cas, je suis complètement sur la touche. Je m'ennuie ferme et je songe à rejoindre Gruffudd quand tout à coup, la merveilleuse Tanaït se rend compte de mon désarroi et revenant à la langue de Virgile, me demande :

— Tu ne comprends vraiment pas ce qu'on dit ?

— Que dalle. J'essaie mais il faut bien que je m'y fasse : j'ai oublié ma langue maternelle.

— Cela arrive souvent chez les enfants qui on quitté leurs parents très jeunes, intervient Antiphon. Tu avais quel âge quand tu as été vendu ?

— Je devais avoir trois ans... Mais toi, Antiphon, comment se fait-il que tu parles nubien ? Tu es bien grec, non ?

— Ah oui, je suis grec d'origine. Grec de Grèce. Je suis né à Delphes. C'était il y a bien longtemps. J'aurai bientôt soixante ans.

— Antiphon me parlait des camélopards, dit Tanaït. Contrairement à ce que je pensais, ce n'est pas la première fois qu'on en verra à Rome.

— Effectivement, confirme le grec. La première fois qu'on a vu un camélopard à Rome, c'était il y a plus de deux siècles. La chronique raconte qu'il y en avait lors du triomphe de Jules César, suite à sa victoire dans la guerre des Gaules. Ensuite, Octave Auguste en a aussi fait venir. Mais il est vrai que depuis, il n'y en a plus eu.

— Tu en sais des choses, pour un esclave, je constate.

— C'est que je ne suis pas né esclave. Figure-toi que j'ai été astronome dans le temps. J'avais accès à plein de livres en grec, en latin, et même en vieil égyptien...

— Raconte-nous, demande Tanaït.

Antiphon regarde le feu d'un air absent. Il semble se recueillir. Au bout de quelques instants, il émerge de ses pensées et commence son récit :

— Je viens d'une famille aisée, débute-t-il. Mon père était fonctionnaire impérial et m'a assuré une éducation soignée. Quand j'ai atteint mes quatorze ans, mon père a été muté à Alexandrie. Toute la famille est partie là-bas. Ce déménagement a été le plus grand bouleversement de ma vie. Comme vous le savez sûrement, on trouve à Alexandrie la bibliothèque la plus extraordinaire qu'il se puisse imaginer. Ce n'est pas uniquement un endroit où s'entassent livres et parchemins, c'est aussi et surtout un centre de recherche. J'ai étudié comme un fou pour en faire partie et après plus de quinze ans d'études, j'ai pu surmonter toutes les épreuves me permettant de devenir chercheur. C'était au tout début du règne de Marc-Aurèle, le père de l'empereur actuel. Vous voyez que ça ne date pas d'hier. Je me suis spécialisé en astronomie, mais au cours de toutes ces années, j'ai appris un tas d'autres choses, notamment les langues mortes, les langues orientales et la philosophie.

« Pendant quelques années, je me suis consacré entièrement à l'étude des astres. Je ne me suis jamais marié. J'ai été très heureux, jusqu'au jour funeste où j'ai fait ma grande découverte. De nos jours, tout le monde sait que la Terre est ronde, mais aussi, tout le monde pense que le Soleil et les astres tournent autour d'elle. Moi, je prétends que c'est la Terre qui tourne autour du Soleil ! Et le pire, c'est que je peux le démontrer, si seulement on avait voulu m'écouter ! Mais ce que je disais allait à l'encontre du consensus des autres savants, à commencer par le plus grand d'entre eux, Claudius Ptolémée. Il est mort depuis, mais les défenseurs de sa mémoire et de ses travaux n'ont eu de cesse d'imposer ses idées.

« Quand à moi, j'ai fait l'erreur de croire que la vérité triomphe toujours du seul fait qu'elle est la vérité. Rien n'est plus faux. Un fait vrai, qui sera considéré comme banal dans l'avenir, peut être remis en cause pour beaucoup de raisons, à commencer par le respect de la mémoire d'un grand homme, ou d'une tradition. Un jour, découragé de ne pas trouver d'oreille attentive à mes arguments scientifiques, je me suis enivré, ce qui ne m'arrive jamais. Au cours d'un débat houleux, où j'avais tout un collège de chercheurs aux ordres contre moi, j'ai mis ma liberté dans la balance :

« — Si vous parvenez à me prouver que j'ai tort, je veux bien renoncer à ma liberté ! j'ai lancé, stupidement, en public.

« Bien évidemment, mes ennemis avaient bien préparé leur coup et ils ont trouvé cent arguments à m'opposer. J'ai donc perdu le pari dont l'enjeu était ma propre liberté et je suis devenu l'esclave d'un ponte de la bibliothèque qui rapidement, m'a vendu comme précepteur à une famille d'Athènes en visite à Alexandrie. Je suis retourné en Grèce et pendant quelques années, j'ai enseigné la philosophie et les mathématiques à des morveux qui n'avaient aucun goût pour l'étude.

« Quand ils ont atteint l'âge où un précepteur n'est plus nécessaire, leur père, n'ayant rien à me dire vu qu'il n'avait rien d'un intellectuel, m'a vendu à mon maître actuel qui avait besoin d'un conducteur d'esclaves ayant de l'autorité et en qui il pouvait avoir toute confiance. Et c'est ainsi que de chercheur éminent, je suis devenu ce que je suis.

— Dis donc, tu dois être complètement dégoûté de la vie, remarque Tanaït.

— Fort heureusement, je suis adepte depuis toujours de la philosophie d'Épicure, répond Antiphon. Je me contente de mon sort et je ne me plains jamais. Mon travail actuel me fait voir du pays et rencontrer des gens de tous les horizons. Qui a la chance par exemple de tomber sur un camélopard de nos jours ?

La soirée touche à sa fin. Antiphon nous souhaite une bonne nuit et va se coucher auprès de ses hommes. Tanaït rejoint son camélopard pour la nuit. Toujours vaguement jaloux, je m'assure que Gruffudd n'est plus là. Il a disparu. Il doit se balader dans les bois, peut-être à la recherche de quelque compagnon bien couillu.

Ne pouvant rien entreprendre à l'endroit de Tanaït tant qu'elle est en compagnie de Zaraf, je me retire seul au bord du fleuve pour réfléchir, car je ne trouve pas le sommeil. Je me dis qu'être laid n'a pas que des avantages, finalement. Cela va me compliquer la tâche pour séduire la nubienne. Ce n'est pas qu'elle soit un prix de beauté elle-même, mais sait-on jamais, avec les femmes.

Heddi me rejoint et interrompt mes réflexions. Il dispose d'une chambre attitrée dans la *villa* et il veut m'en faire profiter. Sympa.

— Il y a largement de la place pour deux, me dit-il. Je voulais proposer à Antiphon, mais je l'ai trouvé si profondément endormi que j'ai laissé tomber.

*

*   *

Le lendemain matin, nous reprenons notre navigation. Au bout d'une autre journée sans événement, nous atteignons Rome.

VIII

Avec Zaraf, inutile de vous dire que notre arrivée à Rome ne passe pas inaperçue ! Dès que nous atteignons les faubourgs de la ville, des nuées d'enfants courent le long des rives du Tibre, hurlant d'enthousiasme à la vue de la créature et gênant les haleurs.

Nous atteignons les points de contrôle et d'octroi et à chaque fois, nous devons répéter le même hiatus : non, Zaraf n'est pas une créature démoniaque, c'est un animal parfaitement normal, tout à fait courant au pays des rhinocéros, et s'il vous plaît, pouvez-vous garder cela pour vous, car l'empereur n'est pas supposé être au courant.

Tout le monde s'énerve. Heddi est désespéré. L'effet de surprise sur lequel il comptait pour présenter Zaraf à l'empereur lui semble complètement ruiné. Je le rassure. Je connais bien le palais. Depuis quelques années, l'empereur vit presque cloîtré, entouré de ses dizaines de favoris et favorites. Seuls Marcia et Laetus, le préfet du prétoire actuel, ont accès à lui. Il suffira donc de recommander le secret à ces deux-là.

Nous arrivons finalement à la ménagerie impériale. Antiphon et ses hommes, le déchargement terminé, se rendent dans la ville non sans être convenu avec Heddi d'un point de ralliement, pour le retour. Gruffudd et Tanaït s'occupent de loger Zaraf. Le breton entreprend ensuite de montrer son royaume à la nubienne. Je m'attarderais bien avec eux, mais je dois sans délai me présenter à Marcia pour lui confirmer et lui expliquer de vive voix l'absence des autruches. Heddi m'accompagne.

En franchissant le seuil des appartements impériaux, nous tombons sur Othon. Il se jette sur moi, avide de nouvelles :

— T'étais passé où ? Aïr dit que tu as dû aller à Ostie pour réceptionner les autruches avec Gruffudd. Ce crétin de breton ne peut vraiment pas se passer de toi !

— Viens avec nous, je dois faire mon rapport à Marcia, tu sauras tout.

— Marcia est avec Saül. Elle ne veut être dérangée sous aucun prétexte. Les chrétiens ont inventé un nouveau truc, ça s'appelle la « confession ». Dès qu'elle en a entendu parler, Marcia a voulu essayer tout de suite. Il paraît que ça doit se dérouler en tête-à-tête, sans témoin.

— Encore du propre ! Un truc qui se passe en cachette… Avant, les chrétiens passaient leur vie à se planquer dans les catacombes. Maintenant, ils ont pignon sur rue, et qu'est-ce qu'ils inventent ? Des trucs secrets, louches, inavouables… à croire qu'ils ne cherchent que ça, d'être persécutés !

Nous attendons donc que Marcia en ait fini avec Saül. La conversation se poursuit sur les chrétiens.

— Je ne vous parle pas de l'hygiène de ces gens-là, raconte Heddi. Chez nous, pour devenir chrétien, on doit s'immerger dans un fleuve, intégralement de la tête aux pieds ! Un fleuve où tous les égouts se déversent, où les mariniers défèquent et balancent leurs ordures...

— Beurk ! fait Othon.

Othon, en a vu bien d'autres, pourtant. Nous racontons à Heddi la fois où Commodus avait servi des étrons farcis à ses invités, pour rire. Il avait fait présenter la chose de telle sorte que la merde ne se voyait pas trop, mais il y avait quand même l'odeur. Personne n'osait y toucher. Commodus aurait pu les forcer à manger, mais ça n'aurait pas été drôle. Pour les convaincre, il s'est donc contraint à manger un étron lui-même, tout en gardant le sourire et en faisant comme si de rien n'était. Bien évidemment, Othon, en sa qualité de goûteur de l'empereur, a dû s'enfiler un bout du colombin farci pour que tout ait l'air vrai. Il n'en garde pas un très bon souvenir. Quand à l'empereur, il a pas trop rigolé finalement car son but était de faire une bonne blague à quelques patriciens arrogants, pas d'ingérer des excréments ! Cette petite plaisanterie n'a jamais été rééditée.

Au bout d'un temps qui nous semble interminable, Saül émerge de chez Marcia. Il a l'air ravi et triomphant. Il nous annonce, tout excité :

— Ça a été long, il y avait du boulot... Mais ça y est ! Marcia est lavée de tout péché. Elle est aussi pure qu'au jour de sa naissance. Puisse-t-elle le rester jusqu'à sa mort et ainsi rejoindre directement le paradis et jouir d'une félicité éternelle !

Nous n'osons pas trop demander ce que signifie ce charabia. En général les explications de Saül se révèlent plus obscures encore que ses paroles.

— Il va falloir que je m'occupe de vous, un jour, les garçons, enchaîne Saül en posant sur nous le regard du bien portant sur le galeux. Vu la fange peccamineuse dans laquelle vous évoluez, votre âme doit être plus noire que le cul de Satan.

Ces mots dits, il disparaît.

Nous rejoignons Marcia. Nous la trouvons dans une posture des plus grotesques. Elle est agenouillée les fesses en l'air, le front sur le dallage et les mains jointes au-dessus la tête. Avec Othon, on a envie de rigoler, mais on se retient car on se doute bien que si Marcia fait ces simagrées ce n'est pas de son plein gré. Ça doit encore être un truc que si tu le fais pas, tu vas en enfer.

Heddi, qui a l'habitude des mondanités, connait le comportement à adopter dans ces cas-là. Il toussote diplomatiquement pour indiquer notre présence. Marcia semble reprendre ses esprits. Elle se relève — élégamment, je dois dire — et s'excuse :

— Je commençais la série de pénitences que mon confesseur m'a assignée, explique-t-elle. Bien entendu, vous, vous ne pouvez pas comprendre...

— Saül nous a expliqué, répond Othon. Tu fais tout ça pour mourir et te féliciter de jouir éternellement.

— Bon, je vois que je vais devoir prendre des mesures pour vous sauver malgré vous, mes enfants, soupire Marcia, excédée. Il va falloir qu'un jour, j'instaure le catéchisme obligatoire pour tous les esclaves de moins de quinze ans.

Je souris, je vais avoir seize ans dans quelque semaines. Mais Marcia s'en aperçoit et ajoute :

— Ce sera valable pour toi aussi, Modus !

Je me renfrogne. Encore du temps libre en moins à passer avec Tanaït.

— Maintenant, racontez-moi cette histoire d'autruches qui ne sont pas arrivées, dit Marcia. Et d'abord, qui est ce... citoyen ?

Marcia a hésité, tant Heddi ressemble à tout, sauf à un citoyen romain. Heureusement, son anneau proéminent, signe incontestable de citoyenneté romaine, lève tout ambiguïté.

Heddi est très impressionné d'être en présence de l'impératrice, tout officieuse qu'elle soit. Il bredouille :

— Je suis Heddi, fournisseur d'animaux exotiques. J'ai le monopole des autruches, des lions...

— J'ai appris que la livraison d'autruches qui nous avait été promise n'a pas été effectuée, le coupe Marcia. Qu'as-tu à répondre ?

Heddi se fait tout petit, de poulet, il devient poussin. Sa voix devient un pépiement à peine distinct.

— C'est pas de ma faute, chiale-t-il. C'est les tribus qui nous ravitaillent. Ils disent qu'on a chassé tellement d'autruches que maintenant, pour en trouver, il faut aller deux fois plus loin qu'avant. Les livraisons ne peuvent plus être régulières...

Les yeux larmoyants d'Heddi se lèvent sur Marcia.

— ...ni aussi bon marché, ajoute-t-il dans un souffle.

Ça y est, il a pu placer une augmentation de prix. En ce qui le concerne, c'est tout ce qui compte.

Marcia ne relève même pas cette dernière saillie. L'argent ne compte pas pour elle.

— Et que comptes-tu faire pour sauver ta tête ? demande-t-elle.

Heddi doit commencer à regretter d'être venu à Rome. Mais il ne se laisse pas démonter. Encore une fois, il a l'habitude des puissants et il sait juger de la dangerosité d'une menace. Mais par-dessus tout, il connait les chrétiens et il sait comment leur parler.

— Qui n'a jamais fauté ? Peut-on accabler l'innocent ? demande-t-il sournoisement.

Marcia, tout chrétienne qu'elle est, n'est pas née de la dernière pluie :

— Le coupable peut effectivement être pardonné... s'il se rachète.

Heddi est maintenant tout à fait rassuré. Il parle du camélopard, faisant toute une litanie sur l'aspect extraordinaire de cet animal, de l'incroyable complexité de sa capture, de son transport.

— Hannibal, cet homme capable de franchir les Alpes avec des éléphants, n'aurait pas été foutu de transporter un camélopard d'Ostie à Rome. Nous, nous en avons amené un de Libye ! achève-t-il, emphatique.

Comme toutes les romaines, Marcia n'est pas insensible à l'évocation du souvenir d'Hannibal. Un mélange de crainte et de respect. « *Hannibal ad por-*

tas » disaient les anciens. Décidément, ce gallinacée d'Heddi sait y faire, en matière de vente.

Marcia, quoique déjà convaincue, fait mine d'avoir encore des réserves. Elle demande à voir Zaraf. Nous nous rendons tous à la ménagerie.

Aïr, le cousin qui m'a remplacé lors que mon voyage à Ostie, Ivain mon copain gaulois roux, Mêos, le gamin grec pas roux... Eux et tous les esclaves du palais se trouvent là, à contempler Zaraf, la merveille des merveilles. Ce dernier évolue dans son enclos sans aucune crainte, comme s'il avait toujours vécu là. Je porte vite fait mon regard sur chacun des spectateurs. Tout va bien, personne ne semble s'intéresser à Tanaït, qui se tient pourtant là avec toutes ses fesses, aux côtés de l'animal fantastique. J'ai la voie libre.

Marcia, elle, ne semble montrer aucun enthousiasme excessif. Mais moi, je la connais bien et je sais que comme tout le monde, elle est bleuffée par le camélopard. Évidemment, vue sa position, elle se doit de marquer une distance. Elle me regarde en catimini avec des yeux brillants et murmure, pour moi seul :

— Avec ça, on peut se permettre un retard pour les autruches.

Cependant, elle constate rapidement que mon admiration va davantage à la conductrice du camélopard qu'à la créature elle-même. Et elle ajoute dans un sourire :

— Eh, Modus ! Nous l'avons trouvée, ta compagne !

IX

Marcia donne des ordres pour qu'Heddi soit logé au palais. Quant à Tanaït et Zaraf, elle sait qu'ils sont dans de bonnes mains en compagnie de Gruffudd. Celui-ci s'assurera qu'ils ne manquent de rien. Gruffudd est comme l'empereur : ses désirs sont des ordres.

Marcia nous apprend que l'empereur fait œuvre de frugalité ce soir car il se réserve pour demain. En effet, une *cena* exceptionnelle est prévue pour un hôte de marque. Nous supposons qu'il s'agit d'un de ses favoris de retour d'une mission d'inspection de postes avancés aux marches de l'empire.

*
*   *

Le lendemain, l'empereur exige que tous les esclaves officiant au dîner soient sur leur trente-et-un. Il tient à honorer son hôte. Par conséquent, nous avons ordre de ne rien faire d'autre que de nous préparer et de nous reposer pour le soir. Pour moi, cela signifie que je vais devoir passer quelques heures sous les mains de Marcia, afin que mes cheveux soient les plus apprêtés possibles pour l'usage que l'empereur en fait. Pour Othon, cela veut dire passer aux thermes pour être présentable mais surtout jeûner car on ne peut pas risquer qu'il bouffe quelque chose de mauvais avant d'officier. S'il se fait empoisonner, on veut être sûr que ce soit par quelque chose qui était destiné à l'empereur, pas par un maquereau pas frais rencontré au fond de quelque taverne. Mais pour le reste, moi et Othon, nous avons quartier libre.

Heddi, qui n'a rien de mieux à faire et n'a pas été retenu par Marcia, à son grand désarroi, se résout à visiter la capitale en notre compagnie. Nous déambulons donc tous les trois sur le forum en discutant.

— Vous savez qui c'est cet hôte de l'empereur ? demande Heddi.

— Pas vraiment, répond Othon. Mais ça doit être un de ses amants. Pour être envoyé en inspection, il faut sacrément avoir la confiance de l'empereur et l'empereur ne fait confiance qu'à ceux avec lesquels il couche.

— Pas bête... murmure Heddi, pensivement.

Heddi est bien fichu de s'imaginer devenir amant de l'empereur pour gagner des marchés fantastiques. Mais il n'a aucune chance ! L'empereur n'aime que les gens forts, rayonnants.

En arrivant sur le forum, nous voyons d'énormes écussons de légion frappés des lettres *CPQR*.

— Tiens, fait Heddi, de mon temps, c'était *SPQR — Senatus PopulusQue Romanus —*, qu'on disait.

— Ah oui, j'explique. Ça fait partie des changements introduits par Commodus. Maintenant, on dit *Commodus* PopulusQue Romanus. Commodus, il n'aime pas trop le Sénat. Figure-toi qu'au début de son règne, un illuminé s'est mis en tête de l'assassiner. Muni d'un poignard, il s'est jeté sur lui en hurlant « voici ce que t'envoie le Sénat! » Mais le gars était plus déterminé que fort, et Commodus l'a rembarré d'une pichenette. N'empêche que cet incident a sérieusement affecté l'empereur. Depuis, il n'a plus été normal, il se méfie de tout et de tous, surtout quand ça vient du Sénat. Et pour Commodus, tout ce qui est intello, compliqué, un tant soit peu pensé et réfléchi... ça vient du Sénat.

— Ça nous change de son père, Marc-Aurèle, l'empereur-philosophe, comme on l'appelait.

— Tu l'as connu, Heddi?

— Pas personnellement. Pourtant, je vivais à Rome à l'époque. Mais lui n'y était pas beaucoup. Toujours à guerroyer contre les barbares.

— Commodus, lui, ne fait pas la guerre. Il a horreur de ça, intervient Othon. La première chose qu'il a faite quand son père est mort, c'est de faire la paix avec les barbares et de revenir à Rome, d'où il ne bouge pas.

— En plus, il ne passe pas son temps à écrire des pensées profondes, lui. Il est plutôt physique que mental, si tu vois ce que je veux dire. Il y a beaucoup de vieux esclaves, au palais, qui ont vécu au temps de Marc-Aurèle. Ils disent tous que c'était d'un chiant! Cela dit, c'était moins dangereux car le père de l'empereur actuel était plus... prévisible.

— Ça, il est sûr qu'avec Commodus, on ne sait jamais quand ça va tomber et c'est un peu stressant. Mais dans l'ensemble on rigole bien.

— Tiens par exemple, Heddi, je parie que tu ne sais pas quel mois nous serons le mois prochain ?

— Ben si, nous sommes en mai, donc le mois prochain, c'est juin !

— Perdu ! Le mois prochain, c'est *commodus* ! Eh oui, l'empereur a donné son nom à un mois de l'année. Comme l'avaient fait Jules César pour juillet et Octave Auguste pour août avant lui. Au début, il avait rebaptisé septembre, puis il s'est avisé qu'il était l'empereur le plus important de l'histoire et donc il s'est placé avant ses illustres prédécesseurs.

— Et le Sénat n'a rien dit ?

— Le Sénat protestera quand il aura des légions. Autant dire que ce n'est pas demain la veille.

— Il est un peu mégalo, le Commodus, non ?

— Attend, tu ne sais pas le meilleur : devine où tu es, là ?

— Ben, je suis sur le forum, à Rome.

— Encore perdu ! Tu te trouves sur la *area Commodi* dans la ville de *Colonia Commodiana*.

Tout en discutant ainsi, nous arrivons devant la *domus aurea*, la maison dorée, un palais qui remonte au temps de l'empereur Néron. Nous y rencontrons Antiphon, le philosophe devenu meneur d'esclaves en compagnie duquel nous avons effectué le trajet d'Ostie à Rome, pour y amener Zaraf. Nous lui présentons Othon. Pour frimer avec sa connaissance des langues comme à son habitude, Antiphon échange quelques mots avec Othon dans son patois germain. Othon, qui comme moi a oublié sa langue maternelle, fait semblant de comprendre, par politesse.

Pendant ce temps, Heddi, le nez en l'air, semble chercher quelque chose.

— Où est passé Apollon ? demande-t-il.

Face à la *domus aurea*, Néron avait fait ériger un colosse de trente mètres de haut à son image. À sa mort, on avait gardé cette statue, tellement elle était géniale, alors que la plupart des autres réalisations de cet empereur maudit avaient été détruites pour en supprimer le souvenir. On avait juste retouché un peu la statue pour lui donner un air solaire et on l'avait renommée *Apollon*. Pendant plus de cent vingt ans le « colosse de Néron », comme on continuait à l'appeler par habitude, était resté plus ou moins inchangé... jusqu'à ce que Commodus en fasse remplacer la tête par la sienne et le fasse affubler d'un costume d'Hercule, avec massue et peau de lion.

— Nous te présentons le *colossus Commodi*, Othon et moi nous disons en chœur.

— Complètement fou... Il y en d'autres comme ça ?

— *Tout* est comme ça maintenant. Commodus est persuadé d'être Hercule, fils de Jupiter, et en même temps la réincarnation de Romulus, fondateur de Rome. Le tout en une seule personne.

— J'avais bien entendu que l'empereur était spécial, là-bas au fond de ma province, mais pas à ce point !

Heddi se tait. Il devient songeur. Jusqu'à maintenant, nous avons mené cette conversation d'un ton goguenard, comme si tout nous était indifférent et que nous étions revenus de tout. Mais il s'avère évident qu'au fond de lui-même, Heddi est écœuré par ce qu'il voit.

Comme tous les touristes qui visitent Rome, il ne comprend pas comment la ville éternelle peut abriter autant de narcissisme, de mégalomanie, de bassesse. Nous, nous sommes presque nés là-dedans, nous n'avons aucune illusion. Mais les autres habitants de l'empire voient encore dans Rome un modèle. Ils ferment les yeux sur la réalité, tellement ils veulent croire que la République romaine existe encore. S'ils ne sont pas esclaves — auquel cas leur unique ambition est l'affranchissement — leur souhait le plus cher est d'obtenir la citoyenneté romaine car ils ont l'illusion qu'en tant que citoyen, ils disposeront d'une partie de la souveraineté que Rome a imposée au monde et le respect qui l'accompagne. Mais quand ils constatent ce que l'élite de l'empire se trouve être véritablement, leur déception n'a d'égale que leur rage qu'une aussi grande nation soit tombée si bas.

Au bout d'un moment, Heddi reprend la parole, il a quitté son ton désinvolte :

— Comment les romains peuvent-ils tolérer ça ?

— Oh, ne t'imagine pas que Commodus a imposé toutes ces folies du jour au lendemain ! commente Antiphon. Aujourd'hui, il est finalement parvenu à museler toute opposition, mais ça ne s'est pas fait tout seul.

73

— On a tenté de l'assassiner des dizaines de fois, ajoute Othon. J'en sais quelque chose, je suis son cinquième goûteur.

Antiphon enchaîne :

— Des sénateurs éminents, des chevaliers dont les familles remontent à des siècles, ses précepteurs eux-mêmes... le nombre de personnes qui ont tenté de le stopper est incalculable. Mais il est toujours parvenu à les faire taire, en les débauchant, en les destituant, en les exilant ou en les faisant mettre à mort. Il est malin. Il s'est toujours débrouillé pour avoir le peuple et les légions avec lui. De plus, ce qu'il propose est du goût de beaucoup : jouir sans entraves, accumuler des richesses, assister à des jeux du cirque qu'il multiplie et améliore sans cesse et surtout : « ne pas se prendre la tête », comme il dit. C'est un programme qui plaît !

— Mais les dieux, la morale, tout ça ? Il n'en tient aucun compte ?

— Pour lui, c'est des trucs d'intellos, je dis.

Heddi n'en démord pas :

— Mais il doit quand même lui rester au moins le respect filial dû à son père. S'il lisait les *Pensées* de Marc-Aurèle, ses yeux s'ouvriraient un peu, non ?

— Tu rigoles ? je persifle. Dans sa tête de fêlé, son père, c'est Jupiter !

— Alors, il n'y a plus aucune force spirituelle à Rome ?

Antiphon devient grave, il énonce :

— Oh si, il y en a une. C'est juste que l'odeur du poisson a remplacé celle du lait de louve. Les chrétiens se renforcent chaque jour. Chaque débauche impériale, chaque orgie, chaque reniement des ancêtres, chaque mépris des lois séculaires, chaque poète exilé... donne lieu à une nouvelle conversion.

Il fait un courte pause. Son air grave devient plus grave encore et il ajoute :

— Dans cent ans, Rome aura disparu ou elle sera chrétienne.

X

Les amusements de l'empereur sont probablement la seule chose pour laquelle il passera à la postérité. Il est incapable de donner du sens au moindre rapport sur la politique extérieure, l'approvisionnement en blé égyptien ou les oracles du clergé, mais que ce soit dans le *circus* ou dans le *triclinium*, cet être dégénéré devient génial. Il n'a pas son pareil pour inventer de nouveaux plaisirs, tout en suavité mâtinée de perversion. En plus, il ne jouit de façon satisfaisante qu'entouré de centaines de personnes. Tout le monde en profite donc, même les plus humbles esclaves. Par provocation envers les élites plus que par égalitarisme, Commodus ne traite pas différemment les valets de pisse et les plus hauts dignitaires du Sénat.

La fête organisée ce soir ne déroge pas à la tradition. Nous apprenons que l'invité spécial de l'empereur est un certain Septime Sévère. Il ne s'agit pas d'un amant de l'empereur comme nous le suppions hier. En fait, Commodus ne le connait pas encore. Septime Sévère est un protégé du préfet Laetus. Le préfet Laetus est le chef de la garde prétorienne, la garde rapprochée de l'empereur, à laquelle appartient mon ami Flaccus. En fait, vu l'importance du corps d'élite qu'il dirige, Laetus se trouve être le troisième personnage de l'État, après Marcia.

Septime Sévère officie comme légat impérial en Pannonie supérieure. La Pannonie, c'est cette région aux confins de l'empire, où Marc-Aurèle, père de Commodus, est mort dans les bras de son fils il y a près de douze ans. On ne sait pas trop si c'est une blessure au combat, une fièvre contractée dans les limbes du Danube ou bien un coup de pouce de son fils qui a emporté l'empereur-philosophe, toujours est-il que, soit par nostalgie, soit mû par une vague mauvaise conscience, la Pannonie est la seule région de l'empire à laquelle Commodus s'intéresse.

Ce Septime Sévère me plaît immédiatement. Il est puissant et beau et il a une bonne tête d'africain, un peu comme moi, en moins foncé car sa mère est sang-mêlée. Et même si sa famille a acquis la citoyenneté romaine il y a des siècles, il est né là-bas, en Tripolitaine. Moi, je ne sais pas exactement où je suis né, mais mes maîtres m'ont toujours dit que j'avais été acquis sur un marché de cette région. Cet engouement semble être réciproque car à ma vue, Septime s'enquiert de mon nom et de mon état. Pour l'honorer, Commodus me prête à son hôte. On fait venir Aïr pour me remplacer auprès de l'empereur. Les deux personnages éminents partagent le même lit (pour mes lecteurs barbares, je rappelle qu'à Rome les repas se prennent couchés). Quant à Othon, il se tient non loin de nous, veillant à ce que rien de franchisse les lèvres de l'empereur qu'il n'ait d'abord goûté.

Après avoir fait honneur à une oie farcie et avoir descendu quelques verres de vin, Commodus se lâche un peu. Il laisse tomber le grec protocolaire et passe au latin. Dorénavant, Aïr, Othon et moi ne perdons pas une miette des confidences qu'il échange avec son invité. De loin, je sens les yeux de Marcia posés sur moi. J'ai intérêt à mémoriser la conversation du mieux possible car je sais que demain, lors de mon shampoing, je vais devoir lui livrer un compte-rendu complet.

— Pas de balai dans le cul entre nous, Septime, dit Commodus. Il n'est pas question de se prendre la tête avec ces hellénisations à la con. On n'est pas au Sénat...

Comme un air de rien, Commodus a passé sa main sous la tunique du légat et le masturbe tout en parlant. Si Septime est surpris, il n'en laisse rien paraître.

Il dit simplement, gardant son naturel :

— Ah Commodus, tu es bien tel que Laetus t'avait décrit. Pas compliqué pour un sou. Droit au but. Ça me change des lourdeurs administratives.

Tout en l'astiquant, Commodus le dévisage de son regard de dément aux yeux clairs délavés par l'alcool. Alternativement, il lui souffle sur les paupières et se passe la langue sur les lèvres. Il ne dit rien, il jauge. Très rapidement, sa main experte fait jouir le légat qui laisse échapper un râle furtif en fermant les yeux. La main souillée de l'empereur quitte les dessous de Septime et gagne le haut du crâne d'Aïr, pour un essuyage méticuleux.

Septime a été bien préparé par Laetus. Il sait que ce serait une grossière erreur de vouloir rendre la pareille à Commodus. Le geste de Commodus est un geste d'autorité. Il veut dire : « toi je t'aime bien ». Mais il ne place pas pour autant le récepteur de cette caresse sur un plan d'égalité avec Hercule-Romulus.

Moi qui le connais bien, je sais la raison secrète pour laquelle les étrangers, aussi séduisants soient-ils, ne peuvent en aucun cas glisser leurs mains sous la tunique de l'empereur. La vérité est que celui-ci est affecté d'une hernie inguinale proéminente. Il a un mal fou à la cacher et le moindre contact sexuel ne manquerait pas de la révéler. Commode ne fornique qu'avec son harem et quelques amants très sûrs, triés sur le volet.

Toujours est-il que la glace est rompue entre les deux hommes. Je me tourne furtivement vers Marcia qui est allongée à quelques pas de nous auprès de Laetus et je lui adresse le signe convenu qui signifie : « tout va bien, il n'y a pas d'esclandre à redouter ce soir ». Du coin de l'œil, je la vois rassurer Laetus. Ils sourient tous deux et commencent à se détendre.

La conversation se poursuit entre les deux hommes. Septime tente d'évoquer les problèmes qu'il rencontre en Pannonie, mais Commodus s'en désintéresse magistralement. Il fixe toujours le légat, comme hypnotisé par sa prestance et sa beauté. J'admire le self-contrôle de Septime. Tout à coup, l'empereur s'exclame :

— Nous devons absolument organiser les jeux du Millénaire avant que tu ne repartes ! Je n'ai jamais vu une personne plus digne d'un tel honneur !

Septime, qui est très intelligent, sait bien que ce que valent les superlatifs de l'empereur. Mais là, tout de même, il ne manque pas d'être surpris.

— Le Millénaire ? interroge-t-il. Tu veux vraiment fêter le Millénaire maintenant ?

— Évidemment. Quoi de plus grand que les mille ans de la fondation de ma cité ?

Si je comptais comme un chrétien, je dirais que, même s'il y a quelques désaccords entre historiens, il est généralement admis que Rome fût fondée en l'année 753 avant la naissance de Jésus de Nazareth, il y a donc neuf cent quarante et quelques ans cette année. On est pas tout à fait à mille ans. Septime ose le faire remarquer :

— Ne crains-tu pas de mécontenter la déesse Palès en avançant ainsi cette date ?

Palès, c'est la déesse des bergers. Sa fête tombe le 21 avril, qui correspond au jour anniversaire de la fondation de Rome. Par extension maintenant, Palès se retrouve gardienne de toutes les traditions entourant la célébration de cet événement.

— Les dieux, j'en fais mon affaire, rétorque Commodus, sûr de lui. Mon père ne me refuse rien, et depuis que je le seconde, il tient bien en main ces trouble-fêtes. Aucun événement fâcheux n'est survenu sous mon règne.

Commodus a déjà oublié la peste et la famine de l'année passée ! À moins qu'il n'ait même pas été mis au courant...

— Ton... père ? ose s'étonner Septime.

— Mais oui, mon père Jupiter, répond Commodus en toisant Septime comme s'il avait affaire à un idiot.

Septime s'en mord les doigts. Il a passé des heures avec Laetus pour se mettre au courant de tous les délires de Commodus. Il avait oublié celui-là.

— Mais le peuple ? essaye-t-il encore. Ne va-t-il pas gronder ?

— Oui, mais il est ignorant. Si on veille à ce qu'il mange à sa faim et qu'il soit correctement fourni en distractions, il n'y a rien à craindre.

— Je te l'accorde, mais il sait compter, le peuple...

— Septime, je t'aime bien. C'est la raison pour laquelle je condescends à te donner une leçon sans me fâcher de ton manque de foi en moi. Tu penses bien que j'ai pensé à tout ! Je t'expliquerais bien tout cela moi-même, mais je suis fatigué. Ma concubine va te mettre au parfum. Modus, va me quérir Marcia.

Je me désemberlificote les cheveux des doigts gras de Septime qui était en train de m'utiliser et je fais diligence pour aller chercher Marcia. Je n'ai que le temps de lui dire :

— L'empereur te veut. C'est à propos des jeux du Millénaire...

En fait, c'est Marcia et Laetus qui ont pensé à la possible furie de la plèbe en cas de violation trop flagrante des traditions. L'empereur aurait été bien incapable d'imaginer tant le problème que la solution.

— Marcia, explique à cet incroyant pourquoi nous pouvons sans problème fêter le Millénaire de la fondation de ma cité…

— Eh bien voilà. C'est simple, dit-elle en s'adressant à Septime Sévère. Tu sais que nous maintenons sur le site de Carthage un temple en l'honneur de Mars, dieu de la guerre, en reconnaissance de notre victoire historique sur ce peuple.

— Non, j'ignorais cela, répond le légat. Mais c'est très sage.

— Les prêtres attachés à ce temple gardent le souvenir de Carthage et de ses traditions. Un jour, l'un d'entre eux s'est avisé que Carthage avait été fondée *avant* Rome.

— Vraiment ? C'est incroyable !

Septime n'en revient pas. Comment une cité plus ancienne, donc ayant accumulé plus de sagesse et de force a-t-elle pu être défaite par une cité plus jeune ? C'est inconcevable.

— Dingue, non ? continue Marcia. Nous avons donc réuni le clergé d'ici et invité ce prêtre à exposer ses calculs. Comme il est impossible que l'ennemi séminal de Rome soit plus ancien qu'elle, tout le monde en a conclu que Rome était en fait plus ancienne que nous le pensions. Rome a en fait mille ans pile cette année.

Ce que Marcia ne dit pas, c'est qu'au début, Rome devait avoir mille ans pile l'année dernière mais que les événements tragiques survenus dans la onzième année du règne de Commodus ont retardé les choses.

— Il est remarquable comme le hasard fait bien les choses, parfois, souligne Septime.

Othon et moi échangeons un regard. Il semble assez évident que Septime n'est pas stupide. S'il fait mine d'approuver cette mascarade, il n'en pense pas moins. Mais peu importe : l'empereur s'avère satisfait. Il a pris un air béat d'homme ivre et il n'est plus à l'écoute depuis que la conversation a pris un ton légèrement intellectuel. Il suit les évolutions d'une danseuse nue pendant quelque temps, puis invite celle-ci auprès de lui. Après l'avoir dragué pour la forme pendant quelques secondes, il l'emmène dans sa couche pour finir la nuit.

XI

Les jeux ordinaires, auxquels étaient destinés les autruches à l'origine, devaient normalement commencer dans deux jours. Suite au bouleversement décidé par Commodus pour honorer Septime Sévère, ils ont été soudainement promus en jeux du Millénaire. Ces derniers devaient initialement se tenir plus tard dans l'année. Ce changement implique une préparation beaucoup plus importante. Le clergé s'en mêle, les sectateurs de la déesse Palès ont leur mot à dire, il faut recruter à tour de bras, de nouveaux budgets doivent être approuvés...

Les autruches n'étant toujours pas arrivées, ce retard imprévu fait bien notre affaire. Marcia peut reporter l'annonce de leur absence à Commodus. S'il prend l'envie à ce dernier de s'entraîner, on pourra toujours faire courir des esclaves munis de longs cous artificiels.

Comme Commodus est incapable de gérer ou de suivre quoi que ce soit, il incombe à Marcia et à Laetus de s'occuper de tout. Commodus est consulté pour la forme mais la plupart du temps, il acquiesce à tout ce qu'on propose. Il passe son temps à préparer ses numéros personnels. Othon et moi ne sommes requis à ses côtés que pour les repas. Commodus n'a pas de routine alimentaire précise. Il prétend être libre de toute contingence. « À l'image du grand Épicure, je mange quand j'ai faim et je bois quand j'ai soif. Ne me troublez pas avec vos repas à heures fixes ou autres entraves à ma liberté ! » philosophe-t-il. Comme il ne siérait pas à des esclaves spécialisés comme nous d'effectuer d'autres tâches que celles auxquelles nous sommes exclusivement destinés, Othon et moi nous retrouvons avec beaucoup de temps libre pendant cette préparation des jeux du Millénaire. Nous le passons la plupart du temps avec Marcia qui veut avoir des avis sur tout et qui a confiance en notre jugement, nous qui sommes si proches de l'empereur. Mais Marcia, comme toutes les femmes, est aussi un peu marieuse et donc je parviens sans trop de peine à passer du temps avec Tanaït. Il suffit que je lui lance, avec un clin d'œil discret :

— Marcia, je vais voir si Gruffudd s'en sort avec le camélopard...

Aussitôt ma maîtresse saisit l'allusion et me laisse aller à la ménagerie impériale. Au début, Gruffudd s'étonne de me voir si souvent. Mais rapidement, il comprend la situation et tout aussi maternellement que Marcia, se met à protéger mes amours. Gare à qui tente de parler à Tanaït quand je suis parvenu à me ménager un tête-à-tête avec elle ! Le puissant Laetus, chef des prétoriens, en fait les frais un jour.

Laetus devenait de plus en plus inquiet de l'absence des autruches. Il menaçait de faire diligenter une enquête sur le sujet, ce qui aurait eu pour conséquence de voir la garde prétorienne mettre le nez dans les affaires et les comptes de Marcia. Pour éviter cela, Marcia a dû confier au préfet le secret de Zaraf. Bien entendu, Laetus a voulu voir de ses yeux le phénomène. Il s'est donc rendu à la ménagerie, accompagné du centurion Flaccus, celui-là même avec lequel j'avais fait le voyage jusqu'à Ostie.

Les deux hommes arrivent à la ménagerie et s'adressent à Gruffudd. Normalement, c'est à Tanaït d'assurer la présentation de Zaraf. Sans elle, le camélopard peut avoir des réactions complètement imprévisibles.

Laetus interpelle l'ours de Bretagne en ces termes :

— Toi ! Je veux voir le camélopard. Amène-le moi.

— Camélopard dormir ! éructe Gruffudd, qui sait qu'en ce moment, Tanaït et moi sommes dans un coin à discuter.

Gruffudd ment comme un enfant de quatre ans. Il rit dans la barbe qui lui mange la totalité de la face et ses oreilles deviennent rouges. En plus, derrière lui, dans un enclos lointain, on voit parfaitement Zaraf, qui, apercevant du monde, se remue, sachant qu'il va devoir faire le beau.

— Quoi ?! Tu te fous de moi ? Je le vois d'ici, parfaitement éveillé ! se fâche Laetus.

Gruffudd se retourne, constate l'évidence, mais ne se démonte pas :

— Pas disturbe camélopard !

— Sais-tu qui je suis ? s'emporte Laetus. Je t'ai ordonné de m'amener le camélopard, tu m'amènes le camélopard, compris ?

Il se tourne vers Flaccus :

— Centurion, fais obéir cet esclave !

Flaccus, qui connait bien Gruffudd, n'est pas très chaud pour exécuter cet ordre.

— Euh... On le voit très bien d'ici, le camélopard, non ? suggère-t-il.

Laetus n'en revient pas. Il se met à hurler :

— La fin de Rome est commencée ! Les esclaves n'obéissent plus ! Spartacus revient se venger sous la forme de cet ours ! À la garde ! Crucifiez-les tous ! etc.

Tout ce vacarme énerve Gruffudd qui se met lui aussi à hurler. On ne comprend pas ce qu'il dit, mais ses rugissements sont tellement incroyables qu'ils arrêtent Laetus dans son élan. Au loin Zaraf, complètement affolé, se met à déféquer comme un fou en faisant tournoyer sa petite tête au bout de son long cou.

— Mais, qu'est-ce qu'il a ? demande Laetus, complètement désorienté.

Aux cris de Gruffudd, je suis accouru, interrompant mon charmant tête-à-tête avec Tanaït.

— Il n'aime pas l'autorité, je crie, pour couvrir les hurlements de Gruffudd. Il faut le prendre par la douceur, sinon ça le perturbe.

— Tu sais comment le calmer ? me demande Laetus.

— Oui, laisse moi faire...

Je me plante devant Gruffudd et je parviens à le faire taire. Bien que silencieux maintenant, il roule des yeux fous, il cherche une arme, il est prêt au combat, il fusille Laetus du regard. Laetus, l'homme le plus puissant de l'empire après Commodus, n'en mène pas large. Il est blanc de peur. Flaccus fait comme si tout cela ne le concernait pas, mais il n'est pas trop à l'aise non plus. Il est en train de se demander comment il va exécuter l'ordre de crucifier Gruffudd, au cas où Laetus tienne à son idée.

Avec toute la déférence dont je suis capable, j'explique à Laetus que les soigneurs des animaux impériaux sont comme les animaux impériaux eux-mêmes. Ils sont uniques. Si l'on veut que les fauves soient productifs le jour où ils se retrouvent dans l'arène, on ne peut pas en faire qu'à sa tête, crucifier qui l'on veut, quand on veut.

La fréquentation de Marcia m'a donné un sens aigu de la psychologie. Je parviens à rétablir la situation. Laetus comprend que seule la soigneuse de Zaraf peut s'occuper de Zaraf, et peut l'amener au préfet sans risque. À ces mots, Tanaït arrive, elle éloigne Gruffudd et amène Zaraf à Laetus.

Pendant que Tanaït fait faire son numéro à Zaraf et répond à toutes les questions de Laetus, Gruffudd, avec force clin d'yeux, regards complices et rires de pucelle me fait comprendre que mon secret est bien gardé :

— Personne ne sait toi chatouilles la fimelle à gros derrière, dit-il.

Je suis un peu choqué. Certes, Tanaït est bien rebondie au niveau du postérieur, mais ce n'est pas une raison pour le faire remarquer aussi crûment.

— Gruffudd, Tanaït est une très belle femme, et je suis amoureux d'elle. J'apprécierais que tu la respectes, d'accord ?

— Grunt ! Gros derrière, pas sa faute ! Ça lui vient de ses ancêtres. Je sais bien qu'elle ne mange pas trop de viande ! rétorque Gruffudd, faisant preuve d'une singulière compréhension de l'hérédité.

Comme d'habitude, je pardonne à l'australopithèque ses débordements. Comment en vouloir à cet ours-enfant ?

Nous nous sommes réfugiés dans une petite remise où l'on entrepose harnais, piques, cordes et autres filets nécessaires au dressage et au contrôle des animaux. Au travers des planches disjointes, nous voyons et entendons Tanaït s'entretenir avec les prétoriens.

— C'est absolument parfait, énonce Laetus. L'empereur sera content. Con comme il est, on pourra même lui faire croire que ce camélopard est une espèce géante d'autruche à quatre pattes.

— Il est con à ce point ? s'étonne Flaccus.

— Tu n'as pas idée ! Un jour, un esclave espiègle lui avait raconté que le ventre des obèses était empli d'air à l'instar des ballons baudruches. Commodus, qui adore faire péter les ballons baudruches, s'est mis en tête de faire de même avec le prochain obèse qu'il rencontrerait. C'est tombé sur un gouverneur de province. Le pauvre était affublé d'un énorme ventre. Il était convoqué en audience impériale pour rendre des comptes. Il n'avait pas trop la conscience tranquille car il s'était livré à certains trafics. À peine a-t-il franchi le seuil du prétoire, que Commodus, l'air réjoui, se jette sur lui, soulève sa tunique et le pique avec un stylet à écrire. Le gars pense qu'il est découvert et que la sanction est immédiate, il se jette aux pieds de l'empereur pour implorer son pardon. L'empereur — tu sais comme il est vigoureux — le retourne et pique son ventre à nouveau. Au lieu d'air, se sont des flots de sang qui s'échappent du malheureux. Comme souvent avec Commodus, la farce tourne à la tragédie.

« Bien sûr, le Sénat fit toute une histoire de cet incident. Il faut dire que le gouverneur finit par décéder sans qu'on sache bien si la cause de la mort avait été les blessures infligées par Commodus ou bien la peur qu'il avait eue.

« L'esclave à l'origine de cette histoire a été bien réprimandé et il aurait même été crucifié, mais il sut se défendre habilement. Il affirma que piquer le ventre des moutons les fait relâcher de l'air et qu'il ne comprenait pas pourquoi il en serait différemment des humains, puisque nous sommes semblables aux animaux en tout autre point. On alla jusqu'à interroger des bergers, qui confirmèrent l'information et même, l'un d'entre deux démontra le fait devant un Sénat médusé. Il immobilisa une brebis qu'on avait amenée, lui piqua le ventre à un endroit précis avec un couteau spécialement ouvragé pour cela et de l'air s'échappa du trou. Après cette opération, l'animal se sentait visiblement soulagé. Le berger expliqua qu'on luttait contre l'aérophagie des ovins de cette façon depuis des siècles.

« Commodus se prit pour son esclave d'un immense respect, non pas tant pour l'érudition qu'il avait montrée, que pour avoir été capable, tout en étant au plus bas de l'échelle sociale, d'avoir tenu tête au Sénat.

« On apprit que l'esclave tenait son savoir du traité *Res rustica*, histoire naturelle de l'agronome Columelle, qu'il avait lue il y avait quelque temps. Eh oui, cet esclave savait lire. Cela lui a sauvé la vie et lui a procuré auprès de l'empereur une place unique.

— Qu'est-ce qu'il est devenu, cet esclave ? demande Flaccus.

— Oh, tu le connais très bien, dit Laetus. Il s'agit de Modus, l'essuie-main de l'empereur !

XII

Tanaït n'a pas perdu une miette de la conversation entre Laetus et Flaccus. Quand ils se sont retirés, elle nous rejoint dans la remise et les yeux brillants et admiratifs, elle me dit :

— Modus, tu sais lire ?

— Euh... oui, je réponds, sans trop savoir si cet aveu servira mes intérêts ou non.

— C'est extraordinaire. Je n'ai jamais rencontré un esclave de condition aussi modeste qui savait lire !

Depuis que je la connais, c'est la première fois que Tanaït montre un semblant d'intérêt pour ma personne. Vous parlez d'une révolution ! Cela fait des jours que j'essaye d'exister à ses yeux. À son crédit, il est assez évident que je ne suis pas vraiment un prince charmant de midinette. En plus d'être petit et moche, je suis essuie-main de profession. Mais je suis aussi loin d'être idiot et là, je comprends que j'ai un atout avec Tanaït.

— Tu sais, je réponds, ce n'est pas si difficile que cela, de lire. Il faut juste de la patience, de l'entraînement...

— Tu rigoles ? Moi je trouve que c'est génial. Tu

dois être vachement intelligent! Tu sais lire depuis longtemps?

— Je devais avoir six ou huit ans, je ne me rappelle plus exactement. C'était avec mon premier maître, un obsédé sexuel complet. Il ne trouvait rien de plus excitant que de se faire lire de la littérature pornographique. Il n'aimait pas lire lui-même, il disait que ça l'empêchait de bien apprécier le texte. Mais nous, on savait que la vraie raison, c'est qu'il n'arrivait pas à manipuler les volumens tout en se paluchant...

— Les *volumens*?

— C'est comme ça qu'on appelle les livres en rouleau. Tu sais, comme en avaient les égyptiens.

— Ah oui, j'en ai vu dans les temples... Mais enfin, il n'avait pas de codex?

— Ah non, mon maître était très conservateur. Pas de codex! Au besoin, il aurait été jusqu'à Alexandrie pour faire recopier un Pétrone sur une bonne vieille peau de mouton.

— Et c'est toi, petit enfant de six ans qui devait lui lire ces cochonneries pour l'exciter?

— Les jeunes, les vieux... on était tous de corvée. La première chose qu'on apprenait en entrant à son service, c'est à lire. Il y avait une école dans sa villa, avec un précepteur à demeure.

— Il devait être très riche.

— Oui, très.

— Alors pourquoi ne se payait-il pas des esclaves pour satisfaire ses besoins sexuels?

— Il était vraiment bizarre. Il prétendait que l'on ne doit jouir que par l'esprit. En plus des œuvres pornos, on devait lui lire des recettes de cuisine, des descriptions de paysages, des poèmes... C'est de là que vient ma curiosité intellectuelle insatiable. Je lis tout ce que je trouve. Quant à mon maître, il se murmurait qu'il avait peur des empoisonnements, des germes, des maladies transmises par la fornication... Il n'aurait touché un autre être — humain ou bête — pour rien au monde.

— N'aurait-il pas été plus simple de se passer de sexe ?

— Eh bien tu sais comment sont faits les hommes, non ? Ce n'est pas comme vous, les femmes. Il faut que ça sorte, sinon ça risque de grossir tellement que ça peut exploser. Et si on ne s'accouple pas, on doit bien se débrouiller tout seul.

— Bof. Chez moi, on dit qu'il y a ici à Rome, une secte de chrétiens qui, prétendant que leur prophète Jésus était chaste, commandent d'en faire autant et pratiquent une abstinence complète.

— Ah oui, c'est vrai. J'en connais un. Il s'appelle Saül. Il est complètement chtarbé. Il obsédé par le *non* sexe. Il dit que l'amour physique est la plus grande faute, la seule faute, en fait. D'après lui, si les hommes n'avait jamais commencé à faire l'amour, on serait tous heureux au paradis terrestre.

— Mais si les hommes n'avaient jamais fait l'amour, il n'y aurait *pas* d'homme. Jusqu'à preuve du contraire, c'est comme ça qu'on se reproduit, non ?

— Que veux-tu ? Saül est plein de contradictions. Nous, ça nous fait marrer, mais lui, ça ne le dérange pas. Il pense que son Dieu a tout fait pour le mieux.

Tanaït se fait moqueuse :

— Et toi Modus, tu en es où, de tes rapports avec Vénus ?

Je pâlis. J'espère qu'un de mes potes n'a pas été lui raconter que je n'ai pas de compagne, ou pire, que je la convoite, elle.

— Euh… je lance, hésitant, je me débrouille. Tu sais comment c'est, la vie d'esclave au service du plus grand empereur de l'Univers… On prend ce qu'on trouve, à droite, à gauche…

— Je comprends.

Elle n'est pas dupe. Je vois dans ses yeux qu'elle sait très bien que je me masturbe. J'enrage. En un instant, je suis passé à ses yeux d'intellectuel autodidacte à petit branleur. Pour couronner le tout, Gruffudd a assisté à notre entretien. Ce crétin des Alpes dont on ne sait jamais ce qu'il comprend de ce qu'il entend, trouve malin d'ajouter, un sourire radieux éclairant son visage :

— Grunt ! Modus il aime bien la fimelle qu'elle a un gros derrière !

*
* *

Mes souvenirs de la période qui s'est déroulée entre l'arrivée de Zaraf à Rome et les jeux du Millénaire sont un peu confus. Je me rappelle mon obsession vis-à-vis de Tanaït, les prières incessantes de Marcia pour que les autruches se décident enfin à arriver et aussi, l'inquiétude que nous avons éprouvée quand nous nous sommes rendus compte que Zaraf se déshydratait.

Il n'était pas bien difficile de constater que le camélopard ne faisait plus usage de son baquet d'eau. Il fallait ordinairement le remplir si souvent que Marcia avait décidé qu'un esclave serait assigné juste pour cela. C'est à mon pote Ivain, le gaulois, qu'incombait cette tâche. Ivain avait les bras aussi gros et aussi longs que les jambes. Depuis sa plus tendre enfance, il portait. C'est toujours à lui qu'on confiait les plus lourds marmites, chaudrons, baquets, amphores et autres récipients aussi insoulevables que difficiles à manier. Il avait toujours été extrêmement fier de sa particularité, mais maintenant que celle-ci était au service du camélopard, son autosatisfaction ne connaissait plus de borne. Chaque baquet apporté à Zaraf était précédé et suivi d'une parade dans toutes les cuisines et dans toute la ménagerie au cours de laquelle Ivain étalait ses muscles et rappelait le rôle unique qui lui était dévolu. À l'entendre, les jeux du Millénaire reposaient sur lui car il était en charge d'en abreuver l'attraction principale.

Un jour cependant, les rondes d'Ivain cessèrent. Dans la fièvre des préparatifs, il nous fallut quelque temps pour nous en rendre compte. Au début, je suppose qu'on s'est dit inconsciemment qu'il en avait marre de toujours faire le mariole, ayant fini par se rendre compte de la stupidité qu'il y avait à être si excité à l'idée de porter à boire à un animal de cirque ; ou alors que ses vantardises ne lui valaient aucun succès auprès des filles.

Mais quand on commença à voir des lentilles d'eau se former dans la bassine de Zaraf, on comprit qu'il n'en était rien. Zaraf avait tout simplement cessé de boire. Tanaït me fit part de la situation.

— Les camélopards sont des animaux de la savane, je tente alors de la rassurer. Comme leurs ancêtres les chameaux, je suis sûr qu'ils peuvent aller des jours et des jours sans boire.

— Oui, mais seulement s'ils sont obligés, me répond-elle, au bord des larmes. On n'a jamais vu un camélopard ne pas boire alors qu'il a de l'eau tant qu'il veut à sa disposition. J'ai tout essayé, cajoleries ou menaces, pour le contraindre à s'abreuver. Quand je suis avec lui, j'arrive encore à lui donner quelques écuelles d'eau mais c'est une amphore par jour qu'il lui faut, normalement.

S'il y a bien un domaine dans lequel j'ai une confiance aveugle dans le jugement de mon idole, c'est bien sur les questions de zoologie camélopardienne. De plus, la voir si triste me désespère. Je me dis aussi que si je parviens à trouver un moyen de refaire boire Zaraf, je vais être un héros à ses yeux. Je me mets à la recherche d'Ivain. Je le trouve dans un coin, occupé à une seule chose, semble-t-il : ne rien faire.

— Ivain, ça fait combien de temps que tu n'as pas porté d'eau au camélopard ?

— Ça doit faire trois ou quatre jours... Pourquoi ?

— Tu ne t'es pas dit qu'il y avait quelque chose de bizarre ? La semaine dernière encore, tu devais y aller deux ou trois fois par jour...

— Ben non. Mes instructions sont : porter une amphore d'eau au camélopard à chaque fois que son baquet est vide. Le baquet n'étant pas vide, je n'ai pas porté d'amphore, c'est tout.

— Mais, qu'est-ce que tu as fait pendant tout ce temps, alors ?

— J'ai remercié le camélopard de ne pas boire et ce faisant, d'alléger la charge de travail d'un pauvre esclave qui n'en peut mais.

— Mais je pensais que porter cette eau à cette bête était la fierté de ta vie ! On t'a assez entendu le beugler partout !

— Ah oui, tu as raison, j'ai aussi fait autre chose pendant ces derniers jours : j'ai maudit ce foutu camélopard de ne pas boire et de ternir ainsi ma gloire.

À ces mots, je me dis qu'Ivain n'est pas gaulois pour rien. Je le laisse à son égoïsme et à ses contradictions et je me mets en quête de Gruffudd. Il me revient alors que je ne l'ai pas beaucoup vu ces derniers jours. Ça doit être parce qu'il ne s'occupe pas trop de Zaraf justement. Il se repose entièrement sur Tanaït pour cela. Et moi, quand je viens à la ménagerie, c'est pour voir Tanaït, pas Gruffudd. Mais enfin, c'est quand même Gruffudd le responsable des animaux. Il a énormément d'expérience avec toutes sortes de bêtes. Il aura sûrement un avis sur la question.

Je le trouve en train de gratter le ventre d'un énorme lion qui doit bien faire dix pieds de long. Le fauve ronronne comme un chaton. Gruffudd a l'air béat et ravi.

— Gruffudd, tu es au courant que le camélopard ne touche pas à son eau ?

Gruffudd a l'air tout gêné par ma question. Il rougit, plonge son énorme tête dans la fourrure du lion et il dit d'une voix étouffée :

— Camélopard pas boire, camélopard pas soif !

— Oui, mais qu'est-ce qui lui prend à ton avis ? Tu crois qu'il a le mal du pays ?

— Camélopard pas boire, camélopard pas soif !

— Mais je le sais, ça ! je m'énerve. Peut-être a-t-il attrapé une maladie ? Il faudrait que tu viennes voir !

— Camélopard pas boire, camélopard pas soif !

Quand Gruffudd est comme ça, je sais qu'il est inutile d'insister. En un éclair, passe dans mon esprit la situation où nous serons tous si, pour les jeux du Millénaire, on n'a pas d'autruche et que Zaraf est mort de soif.

Je cours chez Marcia.

XIII

Marcia n'est pas seule. Elle est en compagnie de Saül et de Heddi. J'essaie d'attirer son attention. Elle m'arrête d'un geste et me fais signe d'attendre dans un coin.

D'après la tension qui règne, je comprends que je suis en train d'assister à une tentative de conversion. Les chrétiens font ça parfois. Ils se mettent à plusieurs contre un pauvre gars et ils essayent de le convertir. Ils sont super entraînés et il est très difficile de ressortir païen comme neige de ces confrontations.

— Un dieu unique, un dieu unique, vous en avez de bonnes, vous ! dit Heddi. S'il n'y a vraiment qu'un seul dieu, qu'est-ce que vous faites de tous les autres ?

— Mais il n'existent pas, voyons ! s'emporte Saül. Ce sont des idoles impies qu'il nous faut combattre de toutes nos forces. Nous n'y arriverons pas sans le soutien de citoyens opulents et importants comme toi.

Bien joué Saül ! Tu comprends que Heddi peut être pris à la flatterie.

— Si tous les autres dieux n'existent pas, à quoi croyaient donc mes parents, et toute mon ascendance avant eux, alors ? se défend Heddi.

— Ils étaient dans l'erreur. Mais on ne peut pas leur en vouloir, car il n'y avait pas encore eu la révélation de notre seigneur Jésus-Christ. Toi, en revanche, tu es impardonnable si, en sachant pertinemment la vérité, tu refuses de t'y soumettre.

— Mais personne ne s'y soumet, à votre truc ! Les seuls chrétiens que je connais sont des esclaves, des bonniches, à la rigueur des affranchis comme toi, Marcia...

En toute franchise, Saül répond :

— Je dois reconnaitre que nous avons des difficultés à recruter parmi les gens de qualité. Nous devons impérativement adapter notre discours, sinon, nous n'allons avoir que des miséreux comme adeptes. Ce n'est pas comme ça que nous allons devenir puissants et pouvoir servir la gloire de notre seigneur ! Voyons, Heddi, qu'est-ce qui te déciderait à rejoindre nos rangs ?

— Eh bien d'abord, votre idée, là, que les premiers seront les derniers et les derniers seront les premiers... en tant que riche, ça me gène un peu !

Marcia s'enflamme et lyriquement, elle déclame :

— Comme je te comprends ! Moi, en tant que riche, je me suis souvent posé la question. Mais en fait, c'est tout simple ! J'ai l'intention de renoncer à toutes les richesses et à tous les honneurs, de redevenir simple esclave même, s'il le faut. Je veux être humble, exempte de tout péché et passer mes journées dans le jeûne et la prière !

— Du calme, du calme, Marcia! la coupe Saül. Tu oublies nos arrangements. Tu pourras faire ce que tu veux, mais uniquement quand tu auras réussi la mission que t'a confiée notre seigneur par ma bouche : convertir l'empereur.

— Comment ? L'empereur va se convertir ? s'exclame Heddi.

— Oui, oui, nous avons encore quelques petits détails à régler, s'empresse de mentir Saül, mais c'est une question de jours. Peut-être annoncera-t-il publiquement sa soumission à notre foi lors des jeux du Millénaire qui commencent bientôt.

— Bon, si l'empereur se convertit, alors c'est autre chose, se convainc Heddi. Je ne me considérerais pas comme un citoyen digne de ce nom si je n'adopte pas le modèle que l'empereur doit être pour chacun de nous.

— Bon, c'est un affaire réglée, alors, dit Saül. Je compte sur ta conversion dès que l'empereur aura fait la sienne. Et surtout, n'oublie pas la contribution financière facultative à notre église dont je t'ai parlé.

— Facultative... et substantielle, ajoute Heddi avec une grimace. Mais si l'empereur se rend compte que je suis le premier citoyen à suivre son exemple, cela vaudra le coup! Je pourrai toujours me dépouiller de mes richesses et de mes vanités plus tard pour gagner mon paradis, de toute façon.

— Oh oui, il n'y a pas urgence, approuve Marcia. Si c'est ce détail précis qui te pose problème, je suis sûre que Saül pourra s'arranger pour que cette charge pèse sur tes descendants. Maintenant, laisse-nous, nous avons à causer.

Heddi est ravi. En quittant la pièce, il dit :

— C'est quand même bien foutu, votre truc !

— On fait ce qu'on peut pour aider, se rengorge Saül.

Une fois Heddi parti, Marcia et Saül débriffent.

— Ce n'est vraiment pas évident de porter la bonne parole aux romains, regrette Saül.

— Les *riches* romains, précise Marcia. Les autres, on en convertit des douzaines par semaine. Ils se convertissent même les uns les autres, maintenant. On n'a plus rien à faire.

— Oui, mais les plus intéressants, ce sont les riches, les gens influents. Il est vraiment primordial de trouver un moyen de m'introduire auprès de Commodus. Une fois en sa présence, je suis sûr que le seigneur m'inspirera, que je saurai trouver les mots...

— Tu ne te rends pas compte de la difficulté de la tâche. Commodus est imprêchable. Les plus grands philosophes de l'empire s'y sont cassés les dents.

— Les philosophes ne croient ni à dieu ni à diable. Ils n'ont aucune conviction et surtout, ils n'ont pas une vie éternelle à vendre !

— C'est de ta faute, aussi ! se plaint Marcia. Si seulement tu étais assez écouté du bon dieu pour que celui-ci réalise un miracle en présence de l'empereur, le tour serait joué. Pas besoin de parler, de disputer, de convaincre...

— Je verrai ce que je peux faire... Je me mets en prière dès ce soir et je cesserai de m'alimenter et aussi je demanderai à un esclave de me fouetter. Tout cela ne laissera sûrement pas le bon dieu insensible.

— Parlons-en, de tes prières! Cela fait deux semaines que je prie à toute heure pour que ces foutues autruches arrivent enfin. Rien! Nada! On n'arrive seulement pas à avoir des nouvelles. Heddi a déjà fait torturer trois marins, en vain.

— Les prières d'une affranchie! Il faudrait les prières de cent femmes comme toi pour que le bon dieu daigne tendre l'oreille. Laisse-moi convertir l'empereur et je te garantis que les autruches seront là dans l'heure.

— Ah si seulement, je pouvais te faire confiance!

À ce moment, Marcia se rappelle de ma présence. Elle se tourne vers moi et dit :

— Modus, je ne veux entendre qu'une seule chose de ta bouche : que les autruches sont arrivées. Je n'ai de temps pour rien d'autre, compris?

— Les autruches ne sont toujours pas arrivées, maîtresse, je réponds, pas très rassuré.

— Mais pourquoi me déranges-tu alors? Tu sais bien que nous avons un plan de secours, avec ce camélopard.

— C'est que... il va peut-être nous falloir une solution de rechange au plan de secours...

— Quoi?!

Je lui raconte en tremblant ce qui arrive à Zaraf. Quand j'ai terminé, ce vicieux Saül ne peut pas s'empêcher de dire :

— C'est simple, il suffit de faire fouetter cette grosse fille, celle qui s'occupe du camélopard. Quand son énorme cul sera zébré de coups, elle changera d'attitude et sa bête se mettra à se porter comme un charme, comme par miracle...

Il est tout excité. Je me mords les lèvres pour ne pas lui répondre. Les dieux sont témoins que je hais cet homme ! Tanaït n'est *pas* grosse ! Elle est arrondie et légèrement adipeuse, tout cela aux bons endroits seulement, et c'est absolument charmant, pour qui est amateur. Qu'est-ce qu'il connait aux femmes, ce curé frustré ?

Fort heureusement, Marcia est très avisée. Elle sait bien que si la solution du problème dépendait de Tanaït, il serait déjà réglé. Elle fait taire Saül du regard tueur qui n'appartient qu'à elle, et elle entre dans une profonde méditation. Ni moi, ni Saül ne l'interromprions pour rien au monde. Après une réflexion qui dure une éternité, elle dit :

— As-tu remarqué un changement depuis que Zaraf a cessé de boire ?

— Non, aucun.

— Réfléchis bien... Depuis quand refuse-t-il son eau ?

— D'après ce que j'ai pu reconstituer, ça a commencé quand les jeux du Millénaire ont été annoncés. Le palais et la ville entière, tout le monde est entré dans une intense activité. C'est peut-être le stress ambiant qui affecte Zaraf. Il n'est pas habitué à tant de remue-ménage.

— Et Gruffudd ?

— Gruffudd a du boulot par-dessus la tête. Il a complètement cessé de songer au camélopard. Il ne s'occupe plus que des autres fauves.

— Et tu ne trouves pas ça bizarre toi ? Il était complètement obsédé par Zaraf ! Et maintenant, tout à coup, plus rien.

Marcia me dévisage d'un air complice. Je réfléchis et soudain, la vérité m'apparaît.

— Oh non ! Tu crois qu'il aurait réussi ? je m'exclame.

— Réussi quoi ? intervient Saül.

Marcia ignore la question et elle poursuit, très animée :

— D'habitude, quand il y parvient, il se désintéresse de l'animal, non ?

— Disons que son obsession se calme, oui, en effet.

— Je te parie que c'est ça !

Saül tente encore de suivre :

— Mais de quoi parlez-vous ? implore-t-il.

Marcia fait un geste, comme si elle chassait une mouche et dit :

— Je te raconterai, Saül. Si Gruffudd est arrivé à ses fins, poursuit-elle à mon attention, alors ça pourrait expliquer le stress de Zaraf, non ?

— Mais comment peut-il atteindre... l'objet de sa convoitise à cette hauteur ? je demande, perplexe.

— Tu es un nigaud, me répond Marcia avec son sourire malicieux que j'aime tant. N'as-tu jamais remarqué comment Zaraf s'y prend, avec ses pattes interminables, quand il veut boire ?

— Par Jupiter ! Tu as raison. Pour boire, il doit écarter les pattes !

— Et ainsi, Gruffudd n'a qu'à *les* saisir et se livrer à sa petite passion.

Saül n'en peut plus, il est d'un naturel curieux, inquisiteur, fouineur. Il éclate :

— Mais de quoi parlez-vous, à la fin ?

Excédée, Marcia lui lance :

— Nous parlons des couilles du camélopard, cancrelat !

Et elle fait part à un Saül abasourdi de l'engouement de Gruffudd pour le toucher génital. J'ai l'impression qu'elle ne se rend pas compte de l'effet que cela a sur lui. Au fur et à mesure de son récit, je vois le prêtre fulminer. À la fin, il n'y tient plus et hurle :

— Il faut tout de suite anéantir ces diableries !

Mais Marcia, pas plus que moi d'ailleurs, n'y trouvons aucun mal. Pour détendre l'atmosphère, je lâche :

— Quoi, il est dit dans la Bible : « tu ne peloteras point le fauve » ?

Marcia se marre et dit, sans conviction :

— Modus ! Ne blasphème pas !

Saül, lui, ne trouve pas ça drôle du tout. Il lève les yeux, les bras, et tout ce qu'il peut au ciel et s'exclame, emphatique :

— Que vous êtes candides ! Vous ne comprenez donc pas que tous vos malheurs viennent de ce que le mal s'est introduit dans votre entourage ? Voilà des jours que tu te lamentes de ce que les autruches n'arrivent pas. Tu allais jusqu'à mettre en doute le pouvoir de la prière alors que l'explication était là, sous tes yeux ? !

Marcia, bien que très croyante, n'est pas très convaincue. Incrédule, elle riposte :

107

— Comment ? D'après toi, la raison pour laquelle les autruches n'arrivent pas est que le responsable de la ménagerie aime à soupeser les roupettes des animaux ? Franchement, je ne vois pas le rapport !

— C'est pourtant évident ! Si tu avais un peu plus de foi...

Il poursuit ainsi, en s'énervant de plus en plus. À la fin, Marcia cède. Elle accepte d'aller voir Gruffudd avec Saül pour le confronter. Saül, qui ne peut pas me sacquer (il a raison), tente de me chasser.

— La présence d'un essuie-main n'est pas nécessaire aux choses de la religion, vomit-il.

— Il vient, rétorque Marcia d'un ton sans réplique. Il est le seul à pouvoir communiquer avec Gruffudd.

Saül se résigne, mais ne peut pas s'empêcher de siffler :

— Ça ! ça ne m'étonne pas !

XIV

Quand nous arrivons à la ménagerie, nous demandons à un esclave où se trouve Gruffudd.

— Ce n'est peut-être pas le meilleur moment pour lui parler, nous répond-il. Il est en train de purger les hyènes.

Moi et Marcia, nous savons ce que ça veut dire et nous tentons de dissuader Saül, mais il ne veut rien entendre. Nous nous regardons d'un air de dire : « après tout, il l'aura voulu ».

Nous nous rendons donc dans l'enclos où l'on garde les hyènes. C'est un endroit sombre, froid et retiré. La plupart des cadavres des animaux qui meurent de maladie finissent là, pour servir de nourriture aux charognards. Nous ne sommes pas encore arrivés que nous sommes saisis par une odeur infecte, accompagnée de rires démentiels.

— Quelle puanteur de l'enfer ! s'exclame Saül. Je suppose que ce sont les carcasses en putréfaction dont se nourrissent les hyènes qui en sont l'origine...

— Ben, d'habitude, ça ne sent pas la rose, mais là en plus, les hyènes sont en train d'être purgées, j'explique. Gruffudd leur fait avaler de l'herbe et elles se mettent à péter comme des bienheureuses. Et le pet de charognard, crois-moi, ça cocotte !

— Et ça les fait rire en plus, commente Saül, pas amusé du tout.

— Oui, le cri de la hyène ressemble à un rire humain convulsif, explique Marcia.

En nous bouchant le nez, nous assistons à la purge des hyènes. Gruffudd en saisit une sans douceur, lui fourre tant bien que mal une grande brassée d'herbe à lapin dans la gueule, maintient le tout fermé jusqu'à ce que le pauvre bête ne puisse plus faire autrement que d'avaler et passe à la suivante.

Les autres hyènes regardent la congénère qui est en train de se faire manipuler en se marrant. Celles qui sont déjà traitées font des pets tant sonores que parfumés, ce qui redouble leur hilarité. Au milieu de ce joyeux tintamarre, Gruffudd accompagne sa tâche de hurlements de son rire d'ours, répondant au ricanements hystériques des hyènes. L'herbe vole dans tous les sens, certaines hyènes se tiennent littéralement le ventre car la purge rend leurs intestins douloureux, mais elles ne peuvent s'empêcher de s'esclaffer. On dirait un bal de fous pétaradant dans une fosse septique.

Saül n'en croit pas ses yeux. Alors que Marcia et moi, malgré l'odeur, nous trouvons ce tableau bidonnant, lui reste sombre et prie comme il peut, en faisant des signes de croix d'une main, se bouchant le nez de l'autre.

Saül n'est pas un modèle de patience. Au bout de cinq minutes, il m'ordonne :

— Fais cesser ce charivari et amène-moi celui

qui en est responsable! Je veux lui parler séance tenante!

Je me tourne vers Marcia pour bien signifier à ce gnome que je n'ai pas à lui obéir mais d'un hochement de tête, elle confirme l'ordre. Je descends dans la fosse et interromps le travail de Gruffudd comme je peux. Celui-ci n'est pas content de devoir arrêter le jeu avec ses copines mais quand il constate la présence de Marcia, il s'incline. Comme tout le monde au palais, il est plus ou moins envoûté par elle et fait ses quatre volontés.

Gruffudd se présente devant Saül couvert d'herbe, puant le cadavre en décomposition, encore secoué de rire. Le prêtre le toise d'un air mauvais. Nous nous éloignons tous bien vite pour retrouver un endroit où l'air est plus respirable.

Saül exige alors :

— Laissez-moi seul avec lui!

— Mais tu ne vas pas pouvoir lui parler, objecte Marcia.

— Il n'est pas question de lui parler, mais de le confesser. Dieu m'aidera à trouver le chemin du peu de raison que doit avoir ce sous-homme.

Marcia doit se soumettre. Elle nous explique, à moi et à Gruffudd, que la confession doit se tenir uniquement entre le confesseur, le confessé et Dieu.

Je ne suis pas convaincu que Saül ait beaucoup de succès mais après tout, c'est son problème. Je dis à Gruffudd :

— Sois bien gentil avec le monsieur et fais tout ce qu'il te dit!

Et je cours retrouver Tanaït.

Ma déesse est en train de donner à boire à son étrange compagnon. Elle est perchée sur le long escabeau qui ne la quitte pas quand elle soigne Zaraf et à bout de bras, elle lui donne de l'eau, écuelle par écuelle. Ivain est là. De ses grands bras simiesques, il maintient l'escabeau, tout en remplissant des écuelles et les passant à Tanaït. Il a les yeux rivés sur le postérieur grande taille de la nubienne. En me sentant arriver, il détourne rapidement le regard, comme pris en faute. Comme si on pouvait le blâmer de contempler une telle merveille !

Je me moque d'elle, je sais que ça lui plaît :

— Qu'est-ce que tu fais accrochée là-haut, comme une figue qui ne veut pas tomber ? je lui dis malicieusement.

— Tu le vois bien, cousin. Je n'ai encore rien trouvé d'autre pour faire boire Zaraf.

— Il ne peut pas se pencher un peu ?

— Mais non ! Je ne sais pas pourquoi, mais il est impossible de lui faire écarter les jambes…

— Moi, je sais !

— Arrête de me charrier, le peu que tu connais aux camélopards, c'est moi qui te l'ai appris.

Je tiens une occasion unique de briller auprès de Tanaït, je ne vais pas me gêner.

— Tu veux bien aller remplir une amphore d'eau fraiche ? je dis à Ivain, en lui faisant un petit signe d'intelligence pour l'éloigner.

Ivain, s'il a les bras d'un singe, n'en a pas vraiment l'esprit.

— Quelle idée ! L'amphore que je viens d'apporter est à peine entamée.

— Il fait chaud, l'eau est déjà tiède. Zaraf ne boit que de l'eau très fraiche. Va !

Ce coup-ci, je cligne des deux yeux, je lui montre Tanaït qui fort heureusement ne fait pas attention à nous, et je passe ma langue sur mes lèvres pour bien signifier au gaulois que j'ai besoin d'être seul avec elle si je veux avoir la moindre chance de me la faire.

Il comprend enfin et s'éloigne en traînant son amphore et en râlant.

— Descend de là-haut, je dis à Tanaït. Je vais t'expliquer, j'ai tout compris.

Bon, en fait c'est Marcia qui a tout compris, mais Tanaït n'est pas obligée de le savoir, n'est-ce pas ?

Tanaït descend se son échelle en se dandinant de façon bandante et s'assoit à mes côtés sur une barrière. Je lui raconte ce que Gruffudd a fait. Elle est partagée entre l'envie de rire de l'aventure et la colère contre Gruffudd qui a complètement perverti son camélopard.

— Imagine qu'il se mette à aimer ça, me dit-elle. C'est moi qui vais devoir me coller la corvée de « soupèsement » quand Gruffudd en aura marre !

— Mais non ! Zaraf fait évidemment partie des bêtes qui restent insensibles aux manœuvres de Gruffudd. Sinon, il ne refuserait pas d'écarter les jambes au risque de se laisser mourir de soif...

Elle est rassurée. Elle me sourit. Je n'aime pas trop quand elle fait ça car elle a les dents de devant un peu pourries. Mais comme elle est coquette, elle s'empresse de transformer son sourire en un espèce de rictus grimaçant, bouche fermée.

Nous nous sommes dangereusement rapprochés l'un de l'autre et j'en suis à me demander s'il est temps de pousser mon avantage et de tenter de lui prendre la main, voire de l'embrasser quand un cri interrompt notre tête-à-tête.

— Modus!!! Viens tout de suite.

C'est Marcia. Elle déboule devant nous, toute paniquée.

— C'est Gruffudd, halète-t-elle. Amène-toi vite. Il va tuer Saül!

Je fais semblant de me presser sur les talons de Marcia, mais c'est bien pour lui faire plaisir. Franchement, si Saül pouvait disparaître de mon espace vital, je ne m'en porterais pas plus mal, personnellement.

— Tu ne pensais tout de même pas que confesser Gruffudd allait se faire sans accroc, je reproche à Marcia.

— C'est ce crétin de Saül. À chaque fois, il arrive à me persuader que Dieu va le protéger, mais ça ne marche jamais. Je me demande vraiment s'il est un bon chrétien authentique, dans le fond...

— Ils sont où, maintenant?

— Dans l'enclos des hyènes. Quand je suis parti à ta recherche, Gruffudd s'était mis dans la tête de purger Saül...

Nous atteignons la fosse puante. Les hyènes assistent à ce qui semble être l'agonie de Saül. Elles ne rigolent plus car elles sentent que d'ici peu, il y aura un cadavre frais pour lequel il faudra se battre. Elles retroussent les babines, prêtes au combat. Mais de temps à autre l'une d'entre elles lâche un pet, ce qui met un peu d'ambiance.

Saül est à terre, allongé sur le dos. Son ventre semble avoir triplé de volume. De l'herbe sort de sa bouche. Il râle comme s'il était à sa dernière extrémité.

Moi, je vois tout de suite qu'il en rajoute, mais je ne dis rien. J'essaye de trouver un moyen de sauver Gruffudd. Ce dernier est assis placidement sur le sol. Il arbore un air de devoir accompli, insensible comme à son habitude à la tension qu'il a créée.

— Gruffudd! je lui dis. Mais qu'est-ce qu'il s'est passé?

— Petit homme, il veut savoir comment on fait pour les bêtes. Pas comprendre. Alors : démonstration. Lui faire des super proutes, maintenant!

— Mais qu'est-ce qu'il raconte? demande Marcia, qui tente de venir en aide à Saül, ce qui est malaisé car il semble totalement incapable de se mouvoir.

J'explique ce que je crois comprendre :

— Cet idiot de Saül a dû lui demander des précisions sur sa pratique de soupèsement. À tous les coups, Gruffudd a compris de travers et il a cru que c'est de la purge qu'on voulait l'entretenir. Comme il ne sait pas bien s'exprimer, il a voulu faire une démonstration à Saül...

— Mais il ne pouvait pas lui faire voir en utilisant une des hyènes? s'étonne Marcia.

— Gruffudd, je demande au géant, pourquoi as-tu utilisé le petit homme pour ta démonstration ? Tu aurais pu prendre une des hyènes, non ?

Gruffudd me répond d'un air sentencieux :

— Si petit homme pas proute, petit homme pas comprendre !

Je défends Gruffudd comme je peux en disant à Marcia :

— Tu vois, il voulait bien faire...

— Je commence à en avoir marre de cet abruti, se fâche Marcia. Imagine qu'il ait tué mon confesseur ? Je me serais retrouvée toute salie de péchés que personne ne pourrait absoudre !

— Mais ne t'en fait pas comme ça ! Saül a bouffé un peu d'herbe, et alors ? Les hyènes n'en crèvent pas.

Marcia est légèrement rassurée, mais elle ne peut pas décemment rester sans prendre une sanction. Elle hésite sur la conduite à tenir, quand Saül, revenant à lui fort à propos, énonce d'une voix faible :

— Marcia, il est indispensable de faire de ces esclaves des chrétiens. Sinon, ils ne comprendront jamais le bien et le mal. Promets-moi de tout mettre en œuvre pour catéchiser ces malheureux.

Sa voix est larmoyante. On a l'impression qu'il exprime le désir d'un mourant. Impossible pour Marcia de refuser, d'autant plus que c'était aussi son idée, il y a quelque temps.

— Il sera fait selon tes désirs, acquiesce-t-elle. Mais tu sais que je refuse les conversions forcées !

— Et pourquoi donc ? Ce sont tes esclaves, tu en fais ce que tu veux.

— La mère du Sauveur m'est apparue en rêve et m'a interdit cette pratique. Tous les humains sont égaux et doivent être traités de la même façon.

Saül n'a pas l'air ravi de ces apparitions mariales qui le contredisent, mais il n'en fait rien savoir.

— Bien entendu. Nous convaincrons ces chérubins... et cet ours. Qui peut résister à la parole de notre seigneur ?

Et en disant ces mots, Saül se fend d'un pet monumental, ce qui le remet sur pieds en un clin d'œil.

XV

Les choses n'ont pas traîné. Dès le lendemain, tous les esclaves de moins de quinze ans appartenant à Marcia sont réunis dans le grand réfectoire. Il y a aussi Gruffudd, Othon et moi. J'ai bien essayé de râler, pour la forme. Nous n'avons rien à faire là! Nous sommes la propriété de l'empereur et Marcia ne peut pas nous utiliser pour son usage personnel. En plus, nous avons plus de quinze ans. Moi et Othon nous en avons bientôt seize. Quant à Gruffudd, on ne sait pas quel âge il a, mais vu l'état de ses dents, il doit bien aller sur ses trente ans. Mais c'était un combat perdu d'avance. Marcia n'a eu qu'à me rappeler ce qui s'est passé hier. Othon a bien avancé qu'il n'était même pas là, quand Gruffudd a fait bouffer l'herbe des hyènes à Saül, elle ne l'a même pas écouté. Je suppose qu'elle veut le punir d'avoir raconté partout ce qui s'est passé. Il faut dire que le palais entier en rit encore.

Marcia prend son sourire de vestale évangélique, lève les yeux au ciel, demande le silence et dit :

— Mes enfants, le monsieur qui est là est un chrétien très gentil qui vient vous apporter une très grande nouvelle. Je vous demande de l'écouter attentivement et de bien réfléchir à ce qu'il va vous dire.

À côté de Marcia se tient Saül, encore un peu vert, encore un peu serrant les fesses, pas tout à fait purgé. Il remercie Marcia, prend son air le plus imposant et parcourt l'assemblée du regard. Pendant quelques instants, il ne fait que scruter son auditoire, sans rien dire.

La domesticité adolescente de Marcia est constituée d'une faune bigarrée et diverse au possible. Mis à part la langue latine plus ou moins bien maîtrisée et l'état d'esclave, il n'y a pas grand chose de commun entre les individus qui la composent. Il y a bien des cousinages artificiels qui se créent entre personnes qui viennent d'une même région de l'empire ; des amitiés et des amours naissent et se défont. Mais cet ensemble hétéroclite n'a ni histoire ni religion commune. De plus, même s'ils ne sont pas malheureux car Marcia les traite bien, tous sont esclaves. Ils ne sont pas libres, ils ne peuvent rien posséder. Ils ne peuvent aspirer à rien, ou à pas grand chose. Bref, Saül sait qu'il est en terrain conquis.

— Camarades ! s'anime-t-il soudain. Vous êtes comme des étrons sur cette Terre. Personne ne vous aime. Personne ne vous respecte. Votre vie ne vaut rien. Vous êtes des animaux, des bêtes de somme. Vous n'avez rien, vous ne pouvez rien, et le seul espoir que vous puissiez vous accorder, c'est de ne pas tomber sur un maître sadique et violent ou de ne pas être affecté à des travaux dégradants que vous ne pourriez pas refuser, sous peine de mort.

À ces mots, il s'arrête et promène sur l'assistance médusée un œil satisfait. Quelques murmures s'élèvent pour protester. Ces esclaves-là sont jeunes, ils espèrent tous pouvoir être affranchis un jour. Mais Saül ne laisse pas le temps à cette fronde de prospérer, il enchaîne :

— Et pourtant, tout impuissants et miséreux que vous êtes, je vous envie ! Savez-vous pourquoi ?

Nous nous regardons... Non, vraiment nous ne savons pas pourquoi cet homme libre pourrait nous envier d'être de telles merdes. Heureusement, Saül a la réponse :

— Eh bien c'est parce que dans pas très longtemps, vous allez vivre pour l'éternité au paradis ! jette-t-il triomphalement.

— Ça veut dire quoi « vivre pour l'éternité » ? demande un gros, qui s'occupe de la rôtisserie.

— Et puis c'est quoi ça, le « paradis » ? ajoute une des femmes de chambre.

— « Vivre pour l'éternité », ça veut dire « ne jamais mourir », explique Saül, patiemment. Quant au « paradis », c'est un endroit merveilleux où personne n'a jamais faim ou froid, où personne ne souffre. Tout le monde y est content tout le temps !

L'assistance est complètement bleuffée. Pour la plupart d'entre eux, c'est la première fois qu'ils entendent une chose pareille. Si Saül n'avait pas l'air si sérieux, si sûr de lui, si docte, il est certain que personne ne croirait un mot de ce qu'il raconte. Mais il a bien fait attention de revêtir sa plus belle toge, d'arborer tous les insignes de citoyenneté. Malgré sa chétive apparence, il parvient à avoir la classe.

Moi et Othon, ces boniments, nous les connais-sons par cœur. Nous ne disons rien, nous laissons courir. Comme Marcia me l'a ordonné avant la réunion, je traduis comme je peux pour Gruffudd qui est assis à côté de moi. Je ne sais pas trop ce qu'il comprends du discours, mais il n'a pas l'air spécialement impressionné. Je tente de savoir ce qui se passe dans sa tête en lui demandant :

— Tout de même, Gruffudd. Vivre sans jamais mourir, ça doit être génial, non ?

— Bof, me répond-il. Moi sûr que pas *bollocks* au paradis.

Dans le patois de Gruffudd, les « bollocks », ce sont les parties génitales. Je ne suis pas très calé en religion chrétienne, mais mes faibles connaissances du sujet me font augurer qu'effectivement, le soupè-sement qu'affectionne notre ami n'est pas très bien vu au pays du bonheur éternel et inconditionnel.

Cependant, les autres esclaves, eux, sont beau-coup plus perméables au discours populiste et dé-mago du prêtre. Les questions fusent. Certaines sont très terre à terre :

— C'est quand qu'on va là-bas ?

— L'empereur, il est au courant qu'on va être tous heureux ?

— Est-ce que ça veut dire qu'on est pas obligé de finir la lessive de la semaine ?

— Ne peut-on pas attendre la fin les jeux du Millénaire pour y aller ? Il paraît que l'empereur s'entraîne comme un malade et qu'il va délivrer une performance de dingue.

D'autres interrogations sont plus philoso-
phiques :

— Si on va tous là-bas et qu'on fait des enfants,
et que nos enfants ont des enfants, dans pas longtemps, il ne va plus y avoir de place, vu que personne
ne meurt.

— Si au « paradis » il n'y a pas d'esclaves, c'est
qui qui fait le service, la lessive, la cuisine ?...

Saül est un peu débordé par le flot de questions.
Il décide alors de modérer l'enthousiasme général.
D'un geste d'autorité, il demande le silence et il
poursuit :

— Mes enfants, du calme. Ce n'est pas demain
de vous irez au paradis ! C'est après votre mort ! Il
n'y a pas le feu...

Bon ça, ça jette un froid. Comment, il faut
donc mourir pour vivre éternellement ? Les plus
intelligents commencent à flairer le piège, les autres
veulent encore y croire. Des discussions spontanées
éclatent. Un brouhaha ingérable règne soudain
dans le réfectoire. Saül ne parvient pas à imposer
le calme. Marcia doit s'en mêler. Elle monte sur un
tabouret et hurle :

— Fermez vos gueules !

Là, ça marche. En un clin d'œil plus personne
ne moufte. Marcia fait un grand sourire et dit :

— Que ceux qui veulent aller au paradis après
leur mort fasse la queue pour être baptisés par Saül.
Les autres, vous pouvez retourner à vos travaux. Je
vous rappelle que les jeux du Millénaire sont dans
quelques jours. Il y a fort à faire.

Une longue queue d'aspirants chrétiens se forme. Je ne sais pas au juste combien sont là-dedans pour tirer au flan, mais je soupçonne qu'il y en a pas mal. Par exemple, il y a Ivain. Lui, je sais que ce n'est pas demain la veille qu'il se convertira au christianisme car, comme à tous mes copains, je lui ai raconté que les chrétiens amputaient le bout du sexe des convertis, la « circoncision », qu'ils appellent ça. Aïr et Mêos sont déjà partis mais Ivain se place tout au bout de la queue. Il cède généreusement sa place à qui la demande. Ou pas.

Gruffudd se renfrogne.

— Petit homme croire lui copain des dieux, dit-il. Quand lui mort, lui savoir. Mais avant, son discours, c'est caca de taureau.

Nous sommes tellement habitués à considérer que Gruffudd est un gros crétin, que nous sommes surpris par cette réflexion pleine de bon sens.

Comme nous n'avons rien de mieux à faire, nous attendons que Saül ait baptisé tous ceux qui le veulent. Ça ne prend pas bien longtemps. Non seulement, il y en a beaucoup qui se défilent au dernier moment, mais en plus, il est super entraîné et le baptême d'un esclave est beaucoup plus rapide que celui d'un puissant. Quelques salamalecs, un peu de flotte, un sourire crispé... et c'est envoyé !

À la fin, il ne reste que Blandine, une petite blanchisseuse, et Ivain dans la queue. Quand le tour de Blandine arrive, Ivain se tape le front et se souvient tout à coup qu'il a quelque chose d'hyper important à faire. Il lance à la cantonade, pour justifier sa désertion soudaine :

— J'y pense, le camélopard doit être mort de soif! M'sieur Saül, je dois y aller, je me convertirai une autre fois...

Il faut dire que depuis ce matin, Zaraf s'est remis à boire. C'est Tanaït qui a trouvé la solution. Elle a amené Gruffudd devant l'animal et a engueulé le géant comme du poisson pourri tout en lui tapant sur les mains avec un bâton. Gruffudd, par respect pour celle qu'il appelle « ma fimelle », n'a pas bronché. Cette admonestation a semblé suffire à Zaraf. Crevant de soif, il a écarté les pattes ostensiblement pour atteindre son baquet, a regardé Gruffudd du coin de l'œil et voyant que celui-ci ne bougeait pas, il a bu tout son content. Victoire!

La petite Blandine est toute rouge d'émotion. Les chrétiens, elle en avait bien entendu parler, mais elle ne savait pas que c'était des monsieurs si bien habillés et si gentils. Elle fait une révérence à Saül et dit, d'une voix affaiblie par la crainte :

— Je voudrais bien vivre éternellement après ma mort dans le pays où on est content tout le temps, s'il vous plaît maître...

— Le bon Dieu t'entend mon enfant, répond Saül. Il y a juste deux ou trois petites choses à régler pour que ceci te soit accordé.

— Quelles sont-elles, maître ?

— D'abord, tu ne dois plus m'appeler « maître », mais « père ».

— Maîtresse Marcia aussi ? Elle va devenir ma maman dans le nouveau pays ?

— Non, non, c'est juste moi et tous les autres prêtres chrétiens que tu dois appeler comme ça.

— D'accord, répond Blandine.

— Ensuite, tu dois te rendre au catéchisme. C'est une classe où je vous enseignerai l'histoire de notre seigneur Jésus.

— « Jésus », c'est un autre nom de notre seigneur Commodus ?

— Mais non, ça n'a rien à voir ! C'est un autre seigneur, tu ne le vois pas mais nous, on sait qu'il existe. Ce sera ton seigneur dans l'autre vie.

— Ah bon, fait Blandine. Et sinon, il y a autre chose ?

— Oui, pour être chrétienne, il faut que te ne commettes pas de péché.

— De quoi ?

— De péché. De mauvaises actions.

— Ah ? Aucun problème pour moi, je ne fais jamais rien de mal ! rayonne Blandine. J'obéis toujours bien à maîtresse Marcia et je suis toujours gentille avec mes camarades.

— Innocente enfant ! se désole Saül. Il est *impossible* de vivre sans péché ! Tu en commets sûrement pleins, sans t'en rendre compte. Heureusement, je t'apprendrai à les détecter et à les combattre, ajoute-t-il en se délectant.

Pauvre Blandine ! Elle n'est plus très à l'aise. Soudain, elle ne peut plus penser à rien d'autre que ce qu'elle a pu faire de mal. Je ne sais pas comment sera sa vie dans l'autre vie mais en attendant, dans celle-ci, elle se prépare bien des nuits sans sommeil.

XVI

Après que Blandine ait regagné sa blanchisserie et que Ivain se soit défilé, il ne reste plus comme esclaves que Othon, Gruffudd et moi dans le réfectoire. Nous sommes assis sur notre banc. Nous n'osons pas trop retourner vaquer à nos occupations, mais nous ne voulons pas davantage nous convertir.

Marcia et Saül font le point.

— Douze conversions. Ce n'est pas trop mal, se réjouit Saül.

— Comme les douze apôtres... commente Marcia. Mais quand même, il y avait mes cinquante esclaves adolescents dans cette pièce. Tu n'as pas pu faire davantage ?

— La plupart ont demandé à réfléchir, se défend Saül.

— Ce n'est pas bon signe. S'ils réfléchissent, ils ne vont jamais se convertir. Il faut les avoir à l'impulsion.

— Et eux ? rétorque Saül en nous pointant du doigt.

Nous faisons semblant de regarder ailleurs. Nous pensons à la circoncision et inconsciemment, nous nous tenons le bout à travers notre tunique, pour bien nous assurer qu'il est encore là. Moi en fait, je suis parfaitement au courant que la circoncision ne se pratique plus depuis longtemps chez les chrétiens. Ça rebutaient trop de gens et les taux de conversion étaient ridicules. Mais bon, s'ils ont été assez malades pour le faire dans le passé, rien ne nous garantit qu'ils ne vont pas remettre ça un jour.

— Modus, me lance Marcia, tu as bien tout traduit pour Gruffudd ?

— Oui, oui, je réponds. Il ne veut pas se convertir.

— Mais pourquoi ? Il ne veut pas vivre éternellement ?

— Non.

Saül s'énerve :

— Il ne comprend rien ! Comment peut-on refuser la vie éternelle ? Il faut être une bête...

— Ça doit être ça... je m'empresse de le couper. Gruffudd n'est pas vraiment un humain, vu son histoire. Il est plus proche du règne animal. La vie éternelle, les animaux n'en ont rien à foutre.

— Mais toi, Modus, rétorque Marcia, tu es bien un humain ? Et toi, Othon ?

— Moi, gémit Othon, je veux bien vivre éternellement si ça fait plaisir à maîtresse Marcia, mais je ne veux pas qu'on me coupe le zizi !

— Modus ! me lance Marcia, d'un air soupçonneux, qu'est-ce que tu as été leur raconter ?

— Ben, je leur ai parlé de la circoncision... C'est vrai que les juifs, ils font ça.

— Combien de fois va-t-il falloir vous répéter que les chrétiens et les juifs, ce n'est pas la même chose ! se désole Marcia. Othon, les chrétiens ne pratiquent *pas* la circoncision, d'accord ?

Elle lève la main droite et proclame d'un air solennel :

— Moi vivante, personne ne touchera à votre zizi, compris ? Alors maintenant, venez ici, convertissez-vous... et que ça saute !

Othon est tout penaud. Il se lève et se dirige vers Saül en traînant les pieds. Il me regarde comme s'il allait au supplice. Silencieusement, j'articule : « Commodus ». Il comprend tout de suite :

— Je ne peux pas faire ça sans en référer à mon maître, se rebelle-t-il.

— Et pourquoi donc ? bondit Saül.

Je réponds à la place d'Othon, qui n'est pas un grand disputeur :

— Je ne suis pas sûr que le fait que son goûteur et son essuie-main soient chrétiens va plaire à l'empereur. Vous les chrétiens, vous n'avez pas précisément la réputation de respecter la majesté et les rites impériaux !

— Ah ! s'emporte Saül. Parce que Commodus les respecte, lui, ces trucs ? Sans compter que sa première concubine est chrétienne... je ne vois pas pourquoi ses plus proches serviteurs ne pourraient pas l'être ! Et en plus, il n'est pas obligé de le savoir...

Mais Marcia est prise d'un doute et elle intervient :

— Non, non. Modus a raison. Nous devons faire preuve de prudence. Nous avons des ennemis. Ils pourraient se servir de ces conversions contre nous.

Saül me jette un regard noir. Avant que qu'il ne puisse trouver un argument qui tue, nous nous débinons dare-dare. En quittant le réfectoire, nous l'entendons encore geindre :

— On en revient toujours là. Nous devons absolument trouver un moyen pour que l'empereur se convertisse !

*

* *

Je soigne comme je peux l'autruche malade. Elle a pondu ce matin. Un œuf ridicule, pas plus gros qu'un œuf de poule. Elle a une énorme boule dans le bas du cou et elle a perdu la moitié de ses plumes. Gruffudd dit que c'est un crabe qu'elle a dans le gosier. Comme je ne le croyais pas, il a voulu ouvrir, pour me montrer. J'ai réussi à le dissuader, in extrémis. Nous avons essayé de faire courir la pauvre bête. Elle se débrouille encore pas mal, mais elle a vraiment l'air bizarre. On dirait une amphore sur pattes, évasée vers le bas et déplumée.

Je suis en train de masser l'excroissance du cou en essayant de deviner une carapace, des pinces, des... quand Ivain débarque, excité comme à son habitude. Tout en m'entraînant, il me dit :

— C'est un type bizarre qui te cherche. Il a de grandes oreilles. Il dit qu'il te connait bien...

129

Nous nous rendons sur le parvis du palais impérial. Devant les sentinelles se tiennent Syphon, le tenancier de l'auberge *Puls Fabata* à Ostie, son plus jeune fils Quintus et Antiphon, le philosophe meneur d'esclaves. Les trois me dévisagent avec un grand sourire. Nous tombons dans les bras les uns des autres.

— Nous nous sommes rencontrés dans un bordel de Subure, explique Syphon. Moi et Quintus nous venions de débarquer ici, un peu paumés.

Il montre Quintus du doigt :

— Ce crétin, depuis qu'il a perdu son pucelage, est complètement obsédé. Je lui demande la première chose qu'il veut faire dans la ville éternelle, et il me répond : « aller au bordel », parce que soit disant, « à d'Ostie, il se les a toutes faites, maintenant ». Enfin bref, il faut bien faire plaisir au petit. C'est donc dans un claque que nous sommes tombés sur Antiphon. Il a accepté de nous guider jusqu'ici.

— Ils sont venus pour les jeux du Millénaire, explique Antiphon. Il ne trouvent nulle part où loger. Pas une auberge, pas une étable de disponible. Quant à dormir dehors, ils ne peuvent même pas y songer à cause des patrouilles qui embarquent les clodos. Alors, nous nous sommes dit que toi, vu ta position, tu pourrais les aider...

Ils commencent tous à me gonfler, avec ma « position ». Je suis essuie-main de l'empereur, moi, pas hôtelier ! Mais je ne peux rien refuser à Syphon qui ne manque jamais de me loger gratuitement quand je vais à Ostie.

— Si vous n'êtes pas trop difficiles, on vous trouvera quelque chose, je dis. Je vais en parler à Gruffudd. Il a toujours un peu de place.

À la mention du breton, ils n'ont pas l'air ravis. Mais ils font contre mauvaise fortune bon cœur et ils m'accompagnent à la ménagerie. Tout en cheminant, je demande à Antiphon :

— Et toi, Antiphon, tu es satisfait de ton logement ?

— Oui, oui. C'est toujours Heddi qui paie. Ce gars-là est vraiment super riche ! Mon maître ne voulait plus prolonger la location de moi et mon équipe et il insistait pour que nous soyons renvoyés à Ostie. Cela ne convenait pas à Heddi. Il veut nous avoir sous la main s'il doit précipitamment retourner à son navire en rembarquant le camélopard. Alors il nous a tout simplement rachetés. Ça a dû lui coûter bonbon.

— Ne t'en fais pas trop pour la bourse de Heddi, je rigole. À tous les coups, il va refacturer cette dépense au trésor impérial. Mais alors c'est Heddi ton maître, maintenant ?

— En effet. Mais pas pour longtemps…

— Que veux-tu dire ?

— Eh bien voilà. Heddi est persuadé que quand l'empereur verra le camélopard, il sera tellement surpris qu'il lui rendra hommage et lui laissera la vie sauve. Moi, je lui rétorqué qu'au contraire, plus l'empereur sera surpris, plus il aura envie de tuer le camélopard, devant tout le monde, pour frimer un maximum. Comme Heddi ne démordait pas de son affirmation, je lui ai parié mon affranchissement que le camélopard ne sortira pas vivant de Rome.

— Ah ah, bien joué. Pour qui connait un tant soit peu l'empereur, il n'y aucun doute. Le pauvre Zaraf est en train de vivre ses derniers jours. Je l'ai bien dit à Tanaït, mais elle ne veut pas non plus y croire. Cependant que se passera-t-il si tu perds ton pari ?

— Si le camélopard survit, j'ai l'obligation de trouver un acheteur pour me racheter et je dois me revendre moi-même pour le double de mon prix.

— Ça, c'est typique de Heddi ! Et si tu échoues ?

— Heddi nous fait balancer à la flotte, moi et mes hommes, en pleine mer. Tu vois que je n'ai pas à m'en faire. Dans le pire des cas, je ne vois pas comment Heddi pourrait faire vider de son bateau vingt gaillards costauds comme mes haleurs. Tu as vu la tête de ses marins ? Ils sont tous gaulés comme lui !

Nous arrivons à la ménagerie. Nous trouvons Gruffudd et nous lui exposons le problème.

— Quelles bêtes ? se contente-t-il de répondre.

Ce qu'il veut dire par là, c'est que que toutes les étables étant occupées, mes invités vont devoir partager l'enclos d'une des catégories de bêtes. Ils sont de moins en moins emballés, mais ils n'ont pas le choix...

— Il n'y a pas des vaches ? Ou des gazelles ? tente Syphon.

Gruffudd éclate de rire.

— Vaches ? Gazelles ? Toi croire l'empereur traire dans l'arène ? Lui tuer ! Non, non. Moi vous conseille les hyènes. Elles puer, mais elles lécher gentiment les pieds.

Devant la tête que font les pauvres Syphon et Quintus, j'interviens :

— Je suis sûr qu'il y a plein de place aux autruches, vu qu'elles n'ont toujours pas été livrées.

La mort dans l'âme, mes ostiens prennent leur affaires et se dirigent vers le parc des autruches.

— Ne vous en faites pas, ça va bien se passer, je les rassure. Je viendrai dormir avec vous. On va bien se marrer !

*

* *

Le lendemain matin, à peine suis-je sorti de mon shampoing quotidien administré par Marcia, que Ivain me tombe dessus.

— Modus ! L'empereur te cherche ! Il a besoin de toi tout de suite.

Ah zut ! Même pas le temps d'aller aux latrines pour vider mes intestins tranquillement. Je vais encore être tout énervé. Je me dépêche de me rendre auprès de Commodus.

L'empereur veut me faire voir son nouveau jouet. Il est tout content.

Il m'avait soutenu qu'il y a des êtres qui sont à la fois mâle et femelle. On appelle ça des « hermèsaphrodites ». Je lui avais répondu que ce ne n'était pas possible et pourtant...

Dans les bras de Commodus, cajolé par lui comme une fillette le ferait de sa poupée, se tient un être dont on ne sait dire si c'est une fille ou un garçon. Il est plutôt mûr, plutôt joli, et semble tout ce qu'il y a de féminin, avec des seins

133

lourds. Et pourtant, les jambes écartées, il dévoile un pénis d'homme de taille tout à fait décente avec la paire de castagnettes qui va avec. C'est incontestablement un mélange des deux sexes en une seule personne.

— Ah, ah ! Modus, viens voir ça ! me lance Commodus, triomphant. Viens toucher, tu vas voir si je t'ai raconté des salades !

Comme c'est l'empereur en personne qui m'y invite, je ne me gêne pas. Je touche, je palpe, je soupèse, je mets même mon doigt dans le trou... rien à faire, tout est vrai. Commodus aurait bien été capable de trouver un moyen de faire pousser des seins de femme à un esclave mâle, rien que pour me faire enrager, mais là : aucun doute. La créature, habituée semble-t-il à ces manipulations car elle ne proteste pas, est bien porteuse d'attributs mâles et femelles tout à la fois. Incroyable ! Elle sourit et ne cesse de contempler Commodus d'un regard éperdu d'admiration.

— Je l'ai appelé « Mama », explique Commodus. Il est trop génial, super affectueux et il sent super bon ! Il ne parle ni grec, ni latin, mais on ne lui demande pas de philosopher, n'est-ce pas ? C'est un admirateur inconnu qui me l'a offert. Qui que soit cet homme mystérieux, c'est assurément un génie ! Je l'aime et j'en fais un protégé de l'empereur. Mes hommes sont en train de le rechercher par toute la ville.

Je suis heureux du bonheur de mon maître. Il caresse sa poupée d'un air réjoui. Pour lui qui est adepte de l'amour tant des femmes que des hommes, un être comme ça est une trouvaille inespérée.

Je m'attarderais bien pour jouer encore avec l'hermès-aphrodite, mais Commodus m'en empêche.

— Modus, tu es le plus intelligent de mes esclaves. Je suis bien conscient que tous mes agents sont des crétins et si je compte sur eux pour retrouver le généreux donateur, je puis attendre longtemps. Je te serais reconnaissant de m'aider à mettre la main sur lui.

— Comme tu voudras, maître. J'y vais tout de suite.

— Brave Modus, que ferais-je sans toi ?

XVII

Ça me gonfle de devoir jouer les détectives pour trouver le généreux donateur de l'hermès-aphrodite. Encore du temps que je ne vais pas passer avec Tanaït. Ce n'est pas qu'elle semble très intéressée par moi, mais je me dis que je peux l'avoir à l'usure.

Plongé dans mes réflexions, je me rends au réfectoire, où je suis convenu avec Syphon et Quintus de les retrouver.

— Alors les amis, bien dor... ?

Je m'interromps. Mes deux compères tiennent à peine debout. Ils n'ont manifestement pas fermé l'œil de la nuit. Ils ont l'air de lémures fraichement déterrés. Des sous-plumes d'autruche ont atterri dans leurs cheveux. Ils ne sont pas vraiment habitués à dormir à la dure.

Pour ne pas me contrarier, Syphon articule péniblement :

— Au poil. C'était génial, ce contact avec la nature.

— Et puis les autruches sont si... affectueuses, ajoute Quintus.

— On ne t'a pas vu ce matin au réveil, s'enquiert Syphon. Tu te lèves tôt, dis donc.

Je leur explique le rituel auquel je dois me soumettre chaque matin. Ils n'en reviennent pas que l'impératrice en personne soit la shampouineuse de ma tignasse. Pour les épater encore un peu plus, je leur raconte ma rencontre chez l'empereur avec l'hermès-aphrodite Mama.

— Là, tu te fous de nous, énonce Syphon, incrédule. Tu dis qu'il a un trou et des seins comme les femmes *et* un sexe et des roustons, comme les hommes ?!

— Mais je te jure que c'est vrai !

— Tu penses qu'on pourra le voir, nous ? demande Quintus, tout excité.

— Non. Vous n'êtes pas habilités à approcher l'empereur, je dis. Vous ne croyez tout de même pas que tous les péquenots de l'empire peuvent se pointer à Rome et se mettre à jouer avec les esclaves de Commodus ? Rien que pour arriver à ses appartements, il faut passer trois enceintes gardées jour et nuit...

Devant l'air déçu de Quintus, et parce que je me sens responsable de la mauvaise nuit qu'il a passée, je dis :

— Il y a peut-être un moyen... L'empereur ne sait pas *qui* lui a envoyé cet hermès-aphrodite. Il a demandé à ses agents de retrouver le généreux donateur pour le récompenser... Si vous, vous le retrouviez, nul doute que vous seriez admis dans le cercle fermé de Commodus, au moins pour qu'il vous fasse voir son joujou.

J'ai l'impression que Quintus va exploser de joie. Il me dit, les larmes aux yeux :

— Il y a deux choses que j'aime faire sur cette Terre. La première...

— ... c'est d'aller au bordel, le coupe son père.

— La première, reprend Quintus, dédaignant l'interruption, c'est de voir, et si possible de toucher, les hermès-aphrodites. La seconde, c'est de mener des enquêtes impossibles. Et là, tu m'offres les deux ! Modus, je t'adore et je te pardonne mille fois de m'avoir fait dormir avec des autruches !

Il se jette sur moi et me couvre de caresses. Je pense un moment à objecter qu'il y a cinq minutes encore, il ignorait jusqu'à l'existence des hermès-aphrodites et que donc sa première chose préférée est un peu soudaine, mais devant son enthousiasme, je laisse tomber. Ça fait bien mes affaires de toute façon. Pas besoin de me farcir la recherche du généreux donateur, Quintus va s'en charger à ma place.

Quant à Syphon, il est déjà sur le départ. Il a prévu de retrouver Antiphon dans une taverne pour jouer au jeu de *Tabula* toute la journée.

*
* *

Je me la coule douce tout le reste de la matinée. Je rejoins Tanaït et je l'aide à faire la toilette de Zaraf. J'en profite pour essayer de me livrer à quelques contacts furtifs. Un frôlement de main à l'occasion du peignage de la crinière, des regards langoureux pendant le ramassage du crottin, des soupirs déchirants lors du brossage des dents... rien n'y fait. La nubienne reste complètement insensible à tous les indices de ma passion. De plus en plus, je me dis qu'il va falloir une intervention extérieure pour que j'arrive à me la taper.

Comme c'est une journée relax, je l'invite dans une guinguette pour le déjeuner. Je décide de me jeter à l'eau, de tout lui avouer et on verra bien. Nous trouvons un endroit sympa où les esclaves sont acceptés et où l'on sert du pain aux oignons copieusement arrosé de *garum*. Je suis un peu refroidi quand je vois comment Tanaït se bâfre. Du *garum* coule sur ses joues fessues et elle ne peut retenir un ou deux rots. Il faut dire qu'elle ne doit pas manger correctement tous les jours, car suivant les arrangements entre Marcia et Heddi, c'est Gruffudd qui est chargé de surseoir à son alimentation ainsi qu'à celle de Zaraf. Je connais mon Gruffudd, il ne doit lui offrir que de la viande avariée, celle qui n'est plus bonne pour les bêtes, vu que c'est la nourriture dont lui-même se contente la plupart du temps.

— Tu aimes ? je lui demande.

— Ah oui, tout est bon avec un *garum* bien fermenté, elle me répond, la bouche pleine. Tu ne finis pas ton écuelle ?

— Non, non, tu peux l'avoir…

Elle se jette dessus comme si elle ne venait pas de s'en enfiler déjà deux.

— Ça ne va pas te coûter trop cher ? s'inquiète-t-elle.

— Ne t'en fais pas. Je ne paye pas ici. Marcus, le patron, a une dette éternelle envers moi.

— Ah bon ? Raconte…

139

— Il y a quelques années, il était corroyeur. Il travaillait dans une rue commerçante, non loin du forum. Ses affaires étaient florissantes. Il avait pour clients tous les richards de l'Esquilin. Mais un jour sa vie a basculé. Un certain Mnorix, un autre corroyeur venu d'Helvétie, s'est installé à proximité de son commerce. Au début, notre homme ne s'est pas affolé. Il avait un savoir-faire incomparable pour tanner et assouplir le cuir. Personne ne pouvait le concurrencer sur le terrain technique. Mais Mnorix avait une arme commerciale secrète qui ne tarda pas à ruiner tous les corroyeurs de Rome, au premier rang desquels le pauvre Marcus.

— Je te parie que c'est un truc bien dégueulasse, comme tous ce qui vient des contrées barbares...

— Non, non, je réplique en riant. Ce qu'il avait, c'était un corbeau apprivoisé auquel il avait réussi à apprendre à parler !

— Incroyable ! Un oiseau qui parle !

— En fait, il ne pouvait pas soutenir une conversation, mais il pouvait répéter sans problème ce qu'on lui enseignait. Mnorix lui avait appris à croasser « vive l'empereur Commodus, fils de Jupiter ! » de façon tout à fait convaincante. Tout Rome se pressait dans la boutique de l'helvète pour entendre le prodige. Et Mnorix accumulait les commandes, vu qu'il n'acceptait de faire parler son oiseau qu'une fois une pratique convenue et payée d'avance.

— Ça n'a pas dû plaire à Marcus, ça...

— Non seulement à Marcus, mais à tous les autres corroyeurs. Il se sont ligués et ont secrètement tiré au sort celui d'entre eux qui serait chargé d'aller étrangler le volatile. Le hasard désigna le pauvre Marcus. Il se rendit une nuit dans la boutique de Mnorix, régla son sort à l'oiseau et réussit à s'en tirer sans se faire prendre.

« Les choses auraient pu en rester là, mais c'était sans compter avec Mnorix. Il alerta toutes les instances qu'il put et prétendit que l'attentat était en fait dirigé contre l'empereur ! D'après lui, celui qui avait fait taire le corbeau détestait Commodus et il avait tué l'oiseau à cause de ce que ce dernier croassait.

« Commodus, mis au courant, décréta que cette affaire était d'une importance primordiale. Il avait entendu une fois l'oiseau et avait été très impressionné. Il ordonna des funérailles en grande pompe pour la bestiole et la garde prétorienne elle-même fut mise à contribution pour retrouver le coupable de sa mort. L'enquête se dirigea très vite vers les corroyeurs et Marcus fut rapidement dénoncé par un des conjurés que l'on avait menacé de torturer.

— Et Marcus n'a pas fini dans le cirque ?

— En toute logique, c'est ce qui aurait dû se passer, en effet. Ce qui l'a sauvé, c'est qu'il comptait Marcia parmi ses clientes. Comme beaucoup de corroyeurs, Marcus était aussi très habile pour travailler les métaux précieux et il avait plus d'une fois ouvragé de très beaux bijoux pour Marcia. À chaque fois, il avait bien pris garde de ne pas envoyer sa facture...

« Marcia m'a chargé de trouver une solution pour sauver Marcus. Nous avons imaginé de dire à Commodus que la mort dans le cirque était beaucoup trop douce pour un traitre de cette envergure, qu'il fallait le faire périr dans de grands tourments. Commodus a accepté, très excité à cette perspective, échafaudant déjà cent tortures raffinées dans son esprit taré.

« Le jour de l'exécution, Marcia s'est chargée d'étourdir l'empereur de vin et de caresses pour qu'il oublie ce qu'il avait à faire. Pendant ce temps, je libérais discrètement Marcus des geôles impériales. Il s'est reconverti depuis dans la limonade mais il effectue encore épisodiquement des tâches de joaillerie pour Marcia.

— Et Commodus ne s'est jamais rendu compte de rien ?

— Si on exécutait tous ses ordres d'élimination de tel ou tel, il n'y aurait plus un sénateur vivant et la moitié des habitants de Rome serait déjà passée dans le cirque. Heureusement, il a la mémoire d'un poisson dans son bocal.

Tout en débitant mon histoire, je me suis rapproché de Tanaït. Je dois lui parler à l'oreille, vu la nature hautement subversive de notre conversation. Je suis sur le point de tenter une approche bras-autour-du-cou suivi d'un baiser auriculaire, quand un mouvement survenant dans ma vision périphérique interrompt mes perfides intentions.

Il s'agit de Quintus qui se tient à la table se trouvant à notre droite et qui m'adresse force clins d'yeux et autres signes péremptoires pour attirer mon attention.

En soupirant, je me tourne vers lui et je lui demande :

— Ça fait longtemps que tu es là ?

— Non, je viens d'arriver. Modus, je sais qui est celui que nous cherchons ! triomphe-t-il.

— Ah oui ? Et qui est-ce ?

Quintus se tient coi. D'un mouvement de tête, il me désigne Tanaït.

— Tu peux parler devant elle, je dis.

— Mais... c'est une esclave !

— Et alors ? Moi aussi, je suis un esclave !

— Oui mais elle, c'est une femelle...

Tanaït ne s'en laisse pas conter. Elle se lève brusquement et lâche, méprisante :

— Je vous laisse à vos petits secrets de puceaux. J'ai du travail !

Avant que Quintus n'ait pu répliquer qu'il n'est pas puceau, elle a quitté l'établissement et nous voyons son formidable postérieur s'éloigner en oscillant d'un air digne et offensé dans la ruelle.

— Crétin ! je foudroie Quintus. J'étais sur le point de me la faire !

— Mais, mais, mais... réplique-t-il, je ne pouvais pas deviner...

Quintus a l'air tellement idiot, qu'on ne peut pas lui tenir rigueur bien longtemps de ses boulettes. Je me radoucis et je lui demande :

— Alors, tu as trouvé qui est le généreux donateur ?

— Oui. C'est un certain... Saül !

XVIII

J'ai mis un peu de temps à démêler le vrai du faux dans les vantardises de Quintus. D'après lui, ce sont ses capacités de limier hors du commun qui lui ont permis de remonter jusqu'à Saül. Cependant, la façon dont il a fait cette découverte procède plutôt d'un immense coup de bol. Jugez plutôt.

Pour commencer son enquête, il a été voir la seule personne qu'il connaisse à Rome à part moi, c'est-à-dire le centurion Flaccus. Ce dernier est en effet un habitué de la taverne de son père à Ostie et vous vous souvenez peut-être que c'est lui qui a offert à Quintus sa première passe pour le remercier de lui avoir dénoncé un ennemi de l'empereur, l'esclave Nucalis.

Flaccus ne faisait pas partie des membres de la garde prétorienne recrutés pour enquêter sur la provenance de l'hermès-aphrodite Mama, mais il a renvoyé Quintus sur un certain Jacob, marchand d'esclave. Jacob est spécialisé en bizarreries. Si vous voulez un esclave normal, avec deux pieds et deux jambes et ne sachant effectuer qu'un travail ordinaire, il y a peu de chance que vous le trouviez chez

Jacob. Par contre, si vous cherchez un manchot, un eunuque, un type à six doigts, des frères siamois, un idiot profond pour faire marrer vos convives ou au contraire un hypermnésique capable de réciter l'Illiade et l'Odyssée par cœur... bref si vous voulez du spécial, Jacob sera votre homme.

Vous vous doutez bien que la première personne que les enquêteurs officiels de Commodus avaient été voir, c'était Jacob. Qui d'autre à Rome pour dégotter un hermès-aphrodite ? Mais Jacob leur a assuré qu'il n'y était pour rien. Et il aurait certainement fait la même réponse à Quintus si — coup de bol énorme — il ne s'était trouvé que Jacob avait eu affaire dans le passé à Nucalis, l'esclave arrêté à Ostie par Flaccus sur dénonciation de Quintus.

Je n'ai pas compris tous les détails, mais il ressort qu'il y a quelque temps, Nucalis avait volé Jacob, et celui-ci avait juré de se venger, sans y parvenir. Quand Jacob apprit que Quintus avait indirectement envoyé Nucalis dans le cirque, le fils de Syphon devint son meilleur ami et il lui avoua qu'il avait menti aux prétoriens. Il avait bien fourni un hermès-aphrodite à quelqu'un, ce quelqu'un était un certain Apollon qui se faisait maintenant appeler « Saül ». Saül lui avait demandé de garder cette transaction secrète et Jacob, juif d'origine mais converti au christianisme, s'était empressé d'obliger un personnage si proche de l'évêque Victor.

*
* *

Quintus m'entraîne chez Jacob afin que celui-ci me confirme de vive voix son histoire.

Jacob veut à tout prix aller voir Nucalis dans sa geôle, « pour se foutre de sa gueule », nous dit-il. Vu le service qu'il vient de nous rendre, nous ne pouvons pas lui refuser et c'est encore à Flaccus que nous pensons pour nous permettre d'atteindre le prisonnier.

Nucalis est enfermé avec d'autres personnes promises au cirque. On les garde au chaud dans la perspective des jeux du Millénaire qui approchent à grands pas. Flaccus nous amène, Jacob, Quintus et moi, à une grille derrière laquelle se trouve le cachot collectif. Jacob interpelle Nucalis :

— Eh, voleur, tu me reconnais ? Je t'avais dit que je te retrouverai et que je me vengerai !

— Gros malin ! lui rétorque Nucalis. Ce n'est pas toi qui m'a dénoncé. C'est le puceau qui se tient à côté de toi.

— Je ne suis pas puceau ! s'énerve Quintus.

— Eh Jacob ! ajoute Nucalis, tu es chrétien maintenant. Tu es supposé me pardonner mes offenses.

— Ah ah, se moque Jacob. Je te pardonne tout ce que tu veux, esclave. Dans quelques jours, tu demanderas aux lions s'ils sont disposés à en faire autant !

— Crétin ! Je suis assez fort, les gardes-chiourmes ici m'ont déjà dit que je serai sûrement sélectionné pour croiser le fer avec un gladiateur.

— Qu'importe ! Lion ou gladiateur, tu auras bientôt ce que tu mérites.

Sur ces aimables paroles, nous prenons congé. Jacob et Flaccus nous quittent pour retourner à leurs affaires et Quintus et moi nous rendons chez Commodus.

Tout le monde me connait dans le palais. Vu qu'il est en ma compagnie et que je le présente comme un agent spécial ayant une nouvelle importante à délivrer à l'empereur, Quintus passe tous les points de contrôle avec moi sans problème.

Les serviteurs nous font savoir que l'empereur ne peut être dérangé, étant occupé à s'entraîner pour les jeux. Nous demandons s'il est possible d'assister à l'entraînement impérial mais nous essuyons un refus. Heureusement, je connais un passage secret qui permet de se rendre des appartements de Marcia dans ceux de Commodus. Nous allons donc chez Marcia, la saluons rapidement, et empruntons le passage qui nous mène derrière une tenture suffisamment fine pour que nous puissions voir tout ce qui se passe dans la pièce principale des appartements de Commodus.

Nous le trouvons plongé dans une bataille de coussins géante avec ses esclaves les plus proches. Lui et Mama se sont retranchés dans un coin de la pièce, à l'abri d'une table renversée. Ils affrontent une dizaine de jeunes gens des deux sexes, tous incroyablement beaux et gracieux. Coussins et plumes volent, accompagnés de rires et de cris.

Il nous faut attendre la fin du jeu, qui ne tarde pas. Mama glisse et se fait mal. Commodus siffle immédiatement la fin de la partie et renvoie tout le monde. Il hurle pour qu'on lui amène illico son

147

médecin personnel. Un vieil esclave fait son apparition et décrète d'un air las que l'hermès-aphrodite n'a rien, il est juste tombé et a un minuscule bobo au genou. Commodus, rassuré, veut combler le médecin de bienfaits, mais celui-ci, comblé plus qu'il n'en peut depuis des années qu'il est au service de ce taré, demande à simplement se retirer et s'en retourne faire sa sieste.

À l'exception de Commodus et Mama, en train de se faire des mamours et de moi et Quintus, toujours planqués derrière notre tenture, la grande chambre est vide. Nous profitons d'un moment d'inattention du couple pour sortir de notre cachette et nous présenter comme si nous venions d'arriver.

— Modus ! s'exclame Commodus, tu tombes bien. Je viens de terminer mon entraînement quotidien et j'allais te faire appeler pour savoir si tu as du nouveau concernant cette enquête sur la provenance de Mama.

— Quintus que voici a trouvé, dis-je en désignant l'Ostien.

Quintus commence des explications, mais il est impressionné d'être en présence de l'empereur et il est gêné par Mama qui dévoile sans pudeur ses incroyables particularités physiques en dévisageant lascivement le jeune homme. Bref il s'embrouille complètement et je dois prendre le relai.

— Quintus est très intelligent, je dis. Il a trouvé que le généreux donateur de Mama est Saül, le secrétaire de Victor, évêque de Rome.

Ce qu'il y a de bien avec Commodus, c'est qu'il

se moque des détails ; il n'a aucune patience pour les écouter. Pour lui, « être intelligent » permet de réaliser toutes sortes de prouesses. Il sait bien de quoi il parle, prétend-il, étant convaincu qu'il est lui-même supérieurement perspicace.

— Jeune Quintus, tu as bien servi l'empire et le peuple romain, énonce Commodus solennellement. Que veux-tu pour récompense ?

Quintus est pris de court. Il n'ose pas mentionner Mama.

— J'ai un ami... bredouille-t-il, il est injustement emprisonné et promis au cirque, son nom est Nucalis...

— Il est libre, le coupe Commodus. Modus, envoie-moi mon chambellan Eclectus, que je donne des ordres. Quintus, tu es invité dans la loge d'honneur avec ta famille et ton ami Nucalis. Ce dénommé Saül, que je vais faire chercher sur le champ, se joindra aussi à vous. Vous allez avoir une perspective exceptionnelle pour contempler mon triomphe aux jeux du Millénaire.

Quintus remercie timidement et nous nous retirons. Dès que nous nous trouvons seuls, j'explose :

— Tu pouvais lui demander n'importe quoi ! Tu ne te rends pas compte de sa puissance. Tu pouvais avoir une charge, des putains rien que pour toi, de l'or... Je suis sûr qu'il t'aurais même laissé tripoter l'hermès-aphrodite !

— Je ne sais pas ce qui m'a pris. Je n'ai pas osé. L'hermès-aphrodite n'arrêtait pas de me regarder de façon bizarre. Comme s'il n'attendait qu'une chose :

que je passe les bornes. En plus, franchement, je n'ai pas trouvé ça ragoûtant.

— Mais pourquoi demander la libération de Nucalis ?

— C'est ce qu'il a dit dans son cachot... quand j'ai vu la morgue et le manque de pitié de Jacob, ça m'a dégoûté.

— C'est ta conscience. Quand Marcia va apprendre cette histoire, elle va t'adorer. Je l'entends déjà dire que c'est le Seigneur qui a guidé ton geste de pitié. Elle est persuadée que seul le dieu des chrétiens peut inspirer la mansuétude.

— Pourtant, Jacob se dit chrétien.

— Comme quoi, tu vois bien. Être un chic type, ça n'a rien à voir avec la religion. Allez viens, nous allons accueillir Nucalis pour sa sortie de prison.

*
*   *

Saül n'a pas dû en revenir. Bien sûr, il s'y attendait, il avait bien organisé son affaire pour que l'on remonte jusqu'à lui, mais pas trop ostensiblement. On a vu débarquer à l'évêché une centurie prétorienne au grand complet, et en grande tenue.

Les habitants du quartier on d'abord cru à une rafle antichrétienne. Les gens sont d'un vieux jeu ! Comme on était à quelques jours des jeux du Millénaire, ils se sont dit qu'on manquait peut-être de victimes pour les fauves et que comme c'était pratiqué dans le passé on allait prendre quelques chrétiens emblématiques pour combler le manque. Comme si Marcia avait laissé ceci s'accomplir !

En fait, les soudards exigèrent de parler à Saül séance tenante. Celui-ci apparut à la porte, afficha une mine tant soumise qu'étonnée et susurra :

— C'est à quel sujet ?

— L'empereur Commodus, fils de Jupiter, exige ta présence à ses côtés avec effet immédiat ! rugit le centurion.

— Vraiment ? Je me demande bien ce qu'il peut vouloir à un humble serviteur de la vraie foi, répliqua Saül, de son air le plus veule et le plus servile. Je suis à vous, citoyens !

Et, entouré de son impressionnante garde, il se rendit au palais impérial. Un sourire triomphant illuminait son visage.

XIX

Commodus avait ordonné qu'on lui amène Saül dès qu'on mettrait la main dessus, quelle que soit l'heure ou l'activité dans laquelle il serait plongé.

Quand Saül franchit en triomphateur la porte des appartements de l'empereur, moi et Othon étions présents. En effet, Commodus déjeunait et nous sommes deux esclaves indispensables à sa prise de nourriture, étant donné nos fonctions.

C'est sur moi et Othon que se porte en premier lieu le regard de Saül, vu que l'empereur, occupé à tartiner un bout de pain de confiture d'oignons, tourne le dos à la porte quand le prêtre pénètre dans la pièce. Un rictus de déception passe fugitivement sur sa bouche. Sûrement, il ne se réjouit pas trop de notre présence, mais il est tellement content de pouvoir *enfin* rencontrer l'empereur que cette petite gêne s'efface dès que Commodus se retourne et l'aperçoit.

— Tu dois être ce Saül dont on me dit qu'il fait des cachotteries à son empereur, dit Commodus en souriant. Soit le bienvenu, allonge-toi et partage mon repas.

Othon et moi nous échangeons un regard. La même pensée nous traverse l'esprit et nous devons détourner les yeux pour ne pas éclater de rire : quelle sera la réaction de Saül si l'empereur se met à le branler, comme il lui en prend parfois l'envie ?

Heureusement pour lui, Saül est assez disgracieux et l'empereur ne semble pas attiré par lui. Il garde même un peu ses distances et de toute façon, Mama est allongé entre les deux.

— Je suis très honoré de prendre quelque nourriture avec toi, annonce Saül sans aucune trace de timidité, comme s'il n'y avait rien de plus naturel pour lui que d'être là à deviser avec César.

— Alors tu es bien celui à qui je dois Mama ? demande Commodus.

— Oui. En chinant au marché aux esclaves qui se tient près du temple de Castor et Pollux, je suis tombé par hasard sur cette curiosité et je me suis dit qu'elle aurait l'heur de te plaire. On te dit friand de nouveautés. Le mangon qui me l'a cédé m'a assuré qu'il était exempt de tout vice caché et il en demandait un prix exorbitant. Cependant, vu son incapacité à parler une langue non barbare, j'ai pu en négocier le prix de façon avantageuse. J'espère que son manque de conversation ne te gêne pas trop.

— Ah, merveilleux citoyen qui a le souci de son empereur ! Si tout le monde était comme toi, notre monde se porterait tellement mieux. Mais pourquoi avoir caché ta générosité ?

— Je suis un homme de l'ombre. Je ne voulais pas gâcher ton plaisir en te contraignant à des remerciements qui, vraiment, sont inutiles. C'est bien peu de choses. Encore que ce petit divertissement me permette de te rencontrer, ce qui est un honneur.

Tant de délicatesse porte Commodus au comble du ravissement. Il est tellement dégénéré qu'il ne soupçonne pas un instant la duplicité de son interlocuteur. Il ne s'étonne pas de l'histoire qu'on lui sert, il ne se rend pas compte de la manœuvre qui n'avait qu'un but, forcer tous les barrages qu'il y a entre un citoyen et Commodus.

— Quelle profession exerces-tu, Saül ? demande l'empereur.

— Je suis prêtre, répond le nabot en levant les yeux au ciel.

Commodus est un peu surpris.

— Comment, prêtre ? et en quel temple officies-tu ? Ma charge m'oblige à beaucoup fréquenter les différents cultes et je ne t'ai jamais vu.

— Oh, je suis ne suis pas un prêtre d'État comme tous ces faux dévots qui hantent les temples subventionnés. Je suis pasteur de la vraie foi.

— Ah bon ? ironise Commodus. J'ignorai qu'il y ait une foi qui soit plus véridique qu'une autre.

— Voyons, tu n'as jamais entendu parler du Christ ?

— Eh comment ! Je me fais bassiner avec ça du matin au soir. Figure-toi que ma première concubine est chrétienne.

— Vraiment ? Comme c'est intéressant, hypocritise Saül en me jetant un regard bref, comme pour s'assurer que je ne vais pas le trahir. Et elle ne t'a jamais parlé de moi ?

— Comment te connaitrait-elle ?

— Je suis très connu parmi les chrétiens, étant le secrétaire particulier de Victor, évêque de Rome !

Commodus a un mouvement d'agacement et lance un regard noir à Saül qui se reprend aussitôt :

— ... je veux dire, évêque de Commodiana !

— Je vois, se radoucit Commodus. Toi et ton... évêque, vous êtes donc des sortes de chefs pour ces gens-là.

— Nous n'employons pas ces expressions barbares, se rengorge Saül. Il n'y a pas de « chef » chez nous. Les hommes et les femmes sont tous égaux aux yeux de notre Dieu, comme les brebis d'un troupeau. Nous, nous sommes comme le berger. Le berger instaure-t-il une hiérarchie parmi ses bêtes ? Nous nous occupons seulement de guider, pas de commander. Nous avons charge de mener ces âmes en détresse sur le bon chemin...

Comme à son habitude quand on enchaîne plus de deux phrases qui ne le concernent pas directement, Commodus n'écoute plus. En plus, son intelligence limitée le rend incapable de déchiffrer les paraboles et périphrases dont Saül abuse. Pour couronner le tout, Mama est en train de lui faire des chatouilles.

— Euh... le relance Saül, tu ne te demandes pas ce que c'est « le bon chemin » ?

— Ah oui bien sûr, dis-moi ce qu'est le bon chemin, demande Commodus poliment, en étouffant un rire.

— C'est celui qui conduit à la vie éternelle ! jubile Saül gravement.

Mais pour la première fois de sa vie peut-être, cet argument ne porte pas. Commodus dit d'un air navré :

— Ah oui, c'est vrai. Vous les mortels, vous avez ce problème...

— Quel problème ?

— Eh bien, la mort.

— Mais, mais, mais... et toi ? s'offusque Saül. Tu ne l'as pas, ce problème ?

— Bien sûr que non ! Oublies-tu que je suis le fils de Jupiter ? Je suis immortel, gros bêta.

Saül ne sait plus quoi dire. Moi et Othon, on donnerait cher pour pouvoir laisser éclater l'hilarité qui nous envahit. Nous voyons que Saül, sous couvert de recueillement à l'annonce de cette formidable nouvelle, est en train de réfléchir à toute vitesse. Voyons, si l'argument-massue habituel est inopérant, que peut-on imaginer d'autre pour avoir ne serait-ce qu'une maigre chance de convertir Commodus ?

Après quelques instants de réflexion, Saül reprend :

— Les dieux, tu sais combien il y en a ?

— Non, des centaines, des milliers ? Qu'importe !

— Mettons qu'il y a des milliers de dieux... chacun de ces dieux a un ou plusieurs fils, n'est-ce pas ?

— Je suppose, oui. Ce sont des dieux, pas des eunuques !

Commodus éclate de rire à sa propre blague. Othon et moi ne manquons pas d'en faire autant : ça fait un quart d'heure que nous nous retenons. Saül se fend poliment d'une grimace accompagnée d'un plissement d'yeux et d'un petit gloussement simiesque, ce qui doit correspondre à son idée du rire.

Quand nous avons tous fini de nous poiler, Saül revient à la charge :

— Sérieusement, ça ne t'embête pas d'être un fils de dieu parmi des milliers d'autres ? Tu ne préfèrerais pas être le seul ?

— Je *suis* le seul, il n'y a qu'un Jupiter.

— Oui, mais ce n'est pas le plus puissant des dieux, rétorque Saül, finement.

— Comment ! Tu oses blasphémer en présence de l'empereur ! s'emporte Commodus.

— Mais pas du tout, le calme Saül. Réfléchis un peu : dans ton empire, tous les cultes, tous les dieux, tous les mythes sont permis et aucun n'a plus de valeur qu'un autre. Il n'y a aucune contrainte ni contrôle en matière religieuse. N'importe qui peut proclamer son dieu plus puissant que le tien, si le cœur lui en dit. Et que peux-tu y faire ? Absolument rien !

— Tu as bougrement raison, réalise Commodus. C'est intolérable !

— Je ne comprends pas comment tu peux le souffrir, l'encourage Saül.

— Mais qu'est-ce que tu veux que j'y fasse ? se lamente Commodus. Je ne vais tout de même pas interdire aux gens de se créer des dieux.

— Et pourquoi pas ? À quoi cela te sert-il d'être empereur, si tu ne peux pas faire ce que tu veux ? Ce qu'il faudrait, c'est qu'il n'y ait plus qu'un seul dieu, un dieu unique...

— Ça existe, ça ?

— Mais oui, tu n'écoute donc jamais, quand Marcia te parle ?

— Quand elle me parle de religion, non. Dès qu'elle commence ses bondieuseries, je ferme les écoutilles.

— Eh bien si tu avais été attentif, tu saurais que nous, les chrétiens, nous croyons en un dieu unique.

— Et moi, je serais son fils, alors ?

Saül a du mal à avaler ce qu'il vient d'entendre, mais la mission avant tout :

— Si tu veux, oui, répond-il sans conviction, en croisant discrètement les doigts derrière son dos.

Je sens que ça plaît bien à Commodus, cette idée. Pour embêter Saül, je lance, l'air de rien :

— Et le Christ ?

Commodus s'empare de mon menton et relève mon visage vers lui.

— Ah oui, c'est vrai ça, me postillonne-t-il dans la figure, car il est en train de manger une figue fourrée aux noix. Marcia n'arrête pas de me parler de celui-là, le Christ, né en Palestine. Il me revient maintenant qu'elle prétend que c'est le fils de son dieu unique.

Si le regard de Saül pouvait tuer, je serais mort à cette heure. Mais il est fin renard et reprend aussitôt :

— À moins que...

Il cherche, il cherche à toute vitesse. Commodus le regarde intensément, comme lui seul sait le faire. Qui sait ce qui est en train de se tramer dans sa cervelle délabrée par l'alcool et les orgies ? Mais on perçoit que lentement, les neurones commencent à s'activer, il se met petit à petit à douter de ce que Saül lui raconte. Il le regarde de façon de plus en plus suspicieuse. Saül prend peur et débite d'un coup :

— Jésus-Christ est le fils de Dieu en effet, mais ce que Marcia ne sait pas, c'est qu'il a un frère : toi.

Commodus s'apaise et rumine cette nouvelle en pelotant son hermès-aphrodite. Il a fermé les yeux. Au bout d'un long moment, pendant lequel Saül n'ose pas respirer, alors que nous commençons à nous demander s'il n'a pas rejoint les bras de Morphée, il murmure comme dans un rêve :

— C'est très bien ça... un seul dieu pour tout l'empire... le pouvoir absolu sur tous les êtres... finis les dizaines de cultes auxquels il faut sacrifier... un seul culte... une autorité suprême... oui, oui, ça me plaît bien !

Il se réveille d'un coup.

— Dis-moi Saül, mon frère, où est-il ? Il ne faudrait pas qu'il fasse de l'ombre à ma puissance. Peut-on s'arranger pour qu'il n'ait jamais existé ?

— J'ai bien peur que ce ne soit pas possible, répond Saül, reprenant confiance. Mais rassure-toi, il est mort.

— Mort ? Il n'est pas immortel, lui ?

— Oh si ! Je veux dire qu'il a quitté ce monde.

— *Ce* monde ? Il y en a donc un autre ?

— Oui, il y a le monde de Dieu et le monde des hommes. Quand on meurt, on quitte le monde des hommes pour rejoindre le monde de Dieu. C'est ce que le Christ a fait.

Commodus regarde Saül avec des yeux ronds. Je ne sais pas trop ce qu'il capte de ces salamalecs. Toujours est-il qu'après une courte réflexion, il dit :

— Mais alors, cela signifie que dans *ce* monde, notre monde, le monde des hommes, je suis le *seul* fils du *seul* Dieu !

— Oui, oui, c'est ça ! applaudit Saül. À condition que tu deviennes chrétien, bien sûr !

— C'est vraiment génial, le christianisme ! explose Commodus. Si Marcia avait commencé par là, je l'aurais écouté depuis le début.

Saül ne perd pas de temps :

— Bon, maintenant que nous sommes bien d'accord, nous devons régler les détails de ton baptême.

— C'est quoi ça ?

— Trois fois rien, une très courte cérémonie qui fera de toi un chrétien officiel.

— Pas de problème. Dans quelques jours ont lieu les jeux de mon Millénaire…

Stupeur muette de Saül.

— Oui, continue Commodus, je viens de décider que j'étais né il y a mille ans, le jour de la fondation de ma cité, Commodiana. Quand j'aurai triomphé en abattant pleins d'autruches, d'ours et de lions, je me convertirai lors de la cérémonie de clôture, et ton évêque pourra me « baptiser » devant tout le monde. Embrasse-moi, mon frère !

Commodus se jette sur Saül et le serre sur son cœur. Mama qui se trouve entre les deux, est pris en sandwich. On l'entend se révolter en criant d'une voix étouffée des choses incompréhensibles dans sa langue.

J'expédie en un clin d'œil la fin de mon service. Je n'ai qu'une idée en tête : prévenir Marcia au plus vite de ce qui vient d'arriver.

XX

Je trouve Marcia en train de se chamailler avec Heddi. Le sujet de leur querelle est le seul qui puisse en être un pour Heddi : l'argent. Vingt lions viennent d'être livrés mais Marcia refuse de payer, car les autruches, elles, ne sont toujours pas arrivées. Or, les jeux commencent demain.

— Tu es incapable de tenir le moindre engagement, accuse Marcia. Tu ne te rends pas compte de ce qui arrivera si les autruches n'apparaissent pas demain ! À part envoyer des messagers à Ostie toutes les cinq minutes, tu ne fais rien pour régler ce dossier.

Le pauvre Heddi est bien embêté. Il a beau être tout humble d'habitude, comme c'est de sa bourse qu'il s'agit, il se révolte :

— Tu mélanges tout. Je tiens ma parole. J'ai toujours tenu ma parole. Si tu avais été plus attentive aux conditions de livraison des autruches, tu aurais vu la clause qui stipule qu'en cas de non livraison, il sera recherché la cause du défaut et qu'une tierce partie indépendante sera sollicitée pour établir ma responsabilité éventuelle. Si tu avais pris soin de faire diligenter une enquête, tu aurais bien vu que je suis totalement innocent de ce qui arrive !

— Ah, qu'importe ! rage Marcia, perdant patience. Je te dis que tu ne tiens jamais ta parole...

— Ah vraiment ? se défend Heddi. Eh bien, donne-moi un seul exemple...

Marcia est un peu prise de court. Il est vrai qu'Heddi est un modèle de probité et de rectitude en affaires. Mais il n'est pas question pour Marcia de perdre la face. Elle réfléchit un instant. Soudain son visage s'éclaire et elle lance d'un trait :

— Tu avais promis de te convertir à la parole du Christ et tu n'en as toujours rien fait !

— Ah, pardon ! J'ai dit que je me convertirais si l'empereur en faisait autant. Aux dernières nouvelles, Commodus n'est pas chrétien, ça se saurait !

Rien à faire, ce petit libyen a réponse à tout. Comme je sais que Marcia aime à avoir le dernier mot, tant pour la tirer d'embarras que pour ne pas attirer ses foudres sur la tête de Heddi, j'interviens :

— Ce n'est qu'une question de jours. L'empereur vient de s'engager à se convertir et à être baptisé publiquement, lors de la cérémonie de clôture des jeux du Millénaire.

Je ne sais lequel de Marcia ou de Heddi bondit le plus haut sur son siège, ni laquelle de leur mâchoire tombe le plus bas. Je leur raconte toute l'histoire : comment Saül est parvenu à approcher Commodus en lui offrant un hermès-aphrodite et comment il a convaincu ce dernier qu'il était le fils du dieu unique, au même titre que Jésus-Christ.

Marcia ne sait plus si elle doit se réjouir de la conversion prochaine de l'empereur ou bien se lamenter des conditions dans lesquelles elle se prépare. Excédée, elle renvoie tout le monde, pour réfléchir.

*

* *

Je suis avec Tanaït et Gruffudd. Nous sommes en train d'entraîner Zaraf à courir comme les autruches ont appris à le faire : en zigzaguant pour éviter les flèches. Nous nous disons que ça plaira davantage à l'empereur si Zaraf offre quelque résistance quand il sera mené dans l'arène. Tanaït semble admirative de ma science des autruches, que je tiens de Gruffudd. Elle a toujours du mal à admettre que Zaraf sera immolé lors des prochains jeux, elle espère encore que les autruches seront livrées à temps. Je suis partagé entre la nécessité de la persuader progressivement de faire face à l'inévitable et m'associer à ses espoirs, vu que j'aimerais bien enfin conclure avec elle. C'est Ivain qui met fin à mes réflexions en surgissant, ses longs bras levés au ciel et m'informant que Marcia veut me voir tout de suite, avec Othon, même que Othon est déjà là-bas.

Quand j'arrive chez Marcia, à bout de souffle, je la trouve en compagnie de Saül. Ce dernier est affalé sur l'imposante chaise curule habituellement occupée par Marcia et que nous appelons « le trône » car elle est ornée à l'excès de pierreries et croule sous les fourrures précieuses, issues d'animaux provenant de lointaines contrées barbares. Il se tient là comme s'il était le maître. Dans un coin se trouve Othon, tête baissé comme un pénitent et Marcia fait les cent pas entre les deux, à la fois atterrée et domptée. Elle s'arrête à mon entrée et jette :

— Te voilà enfin, toi. On va pouvoir commencer !

À l'air qu'ils font tous, je me tiens coi. Personne ne semble disposé à rigoler. Le fait que le nabot affiche une attitude si conquérante, qu'il ait laissé tomber son masque de veulerie permanente, qu'il occupe le « trône »... tout cela n'a rien pour me rassurer.

Je vais rejoindre Othon. Interrogeant celui-ci du regard, je ne peux rien obtenir. Il a l'air sonné.

— Mes enfants, annonce Saül en se levant, l'empereur vient de me communiquer son désir de rejoindre la vraie foi et d'abandonner séance tenante toute idolâtrie. À cette occasion, il m'a ordonné de procéder à la conversion de tous ses esclaves.

Saül me regarde fixement, ses yeux pétillent de haine, il triomphe. Je ne peux pas le supporter.

— Marcia a interdit les conversions forcées ! je tente.

— Marcia fait ce qu'elle veut avec ses esclaves, l'empereur ce qu'il veut avec les siens. Pouvez-vous me rappeler *qui* est votre maître ? ricane-t-il.

Nous sommes pris au piège. Je suis persuadé que Commodus n'a jamais réellement décidé de faire convertir tous ses esclaves, mais le moyen de faire autrement. De façon évidente, Saül fait désormais qu'il veut. Pourtant, Marcia essaie d'intervenir :

— Commodus a promis à Modus qu'il l'affranchira quand ses cheveux commenceront à être moins doux, dit-elle. Quant à Othon, il est stipulé que s'il

165

survit dix ans à sa charge, il sera aussi délivré de sa condition d'esclave. Il en a déjà fait six...

Mais Saül est impitoyable :

— Oui, oui, nous verrons cela. En attendant, ils sont esclaves et ils doivent se soumettre à la volonté de leur maître. Nous allons faire de bons chrétiens de cet essuie-main et de ce goûteur. S'il leur prend la fantaisie de renoncer à leur religion plus tard, libre à eux. Mais je doute que l'apostasie soit légale bien longtemps. Grâce à mes soins, l'empereur a ouvert les yeux. Nous allons mettre de l'ordre dans cet empire impie et bientôt, l'erreur et la barbarie y seront choses du passé.

Marcia ne peut plus rien pour nous. Jusqu'à présent, Saül n'a obtenu que des conversions volontaires, certes presque toujours consécutives à des mensonges de sa part. Nous, nous sommes ses premières conversions forcées, il en exulte au-delà de l'imaginable. Imaginez une jouissance contenue depuis des années, qui peut enfin s'exprimer sans retenue... Tirant se sa manche une amphore d'eau bénite miniature, il s'approche de nous en se passant la langue sur les lèvres, il est sur le point de prononcer les paroles fatidiques quand nous sommes sauvés par un gong plutôt inattendu.

Une camériste annonce en effet que l'évêque Victor demande à être reçu le plus vite possible par Marcia. Celle-ci saisit l'aubaine, et sans demander son avis à Saül, elle ordonne de faire entrer l'évêque. Saül n'a pas l'air très à l'aise tout à coup. À notre grand soulagement, il nous oublie complètement.

Dès que Victor franchit le seuil, Saül retrouve

toute sa servilité. Victor est un grand barbu à l'air d'autorité bonasse. Il a les yeux très noirs et très perçants. Il n'a pas l'air content du tout. Il s'incline légèrement, comme à regret, devant Marcia et dit :

— Il me coûte d'entrer dans un gynécée, fût-il celui de la première concubine de l'empereur, mais devant l'énormité de ce que je viens d'apprendre, il me fallait parler à mon secrétaire sans délai. On m'a apprit qu'il se trouvait chez toi, aussi me suis-je permis...

— Monseigneur me fait honneur en daignant entrer dans mes appartements, répond Marcia, visiblement émue. Votre seigneurie se souvient peut-être de sa servante... nous nous sommes rencontrés une fois, il y a un an environ. Je vous avais demandé la liste de ces chrétiens injustement condamnés aux travaux forcés dans une mine de Sardaigne. J'étais parvenue à les faire libérer...

— Tu es trop modeste, femme. Je suis parfaitement au courant des services que tu as rendus à notre foi. Les persécutions contre nos frères ont pratiquement cessé, et c'est en grande partie à toi que nous le devons.

— Marcia est une sainte ! interjette Saül, qui n'a visiblement pas la conscience tranquille et qui tente ainsi de récupérer pour lui la bonne faveur dans laquelle se trouve Marcia auprès de l'évêque.

— Oui, oui, répond Victor sans conviction, nous verrons à la canoniser peut-être plus tard. Mais toi, Saül, qu'est-ce c'est que cette histoire d'hermès-aphrodite acquis avec les deniers de l'Église ? As-tu bien toute ta tête ?

— Ce ne sont que des tactiques pour attirer les faveurs impériales sur notre religion, rien de plus. Ne crains rien, je sais ce que je fais. Tu veux que Rome devienne la ville qui abrite le cœur de l'Église et que ton évêché ait une place prépondérante sur les autres, faisant de toi le *pontifex maximus*, l'évêque des évêques. Tu passes un temps fou à discutailler dans des conciles interminables pour savoir si les anges sont mâles ou femelle, si la fête de Pâques doit correspondre au jour du soleil des païens. Laisse-moi faire, et dans quelques jours, tous les diocèses te seront soumis. On pourra même faire voter ton infaillibilité, si tu veux. Quant à l'empire, il sera entièrement chrétien et nous en serons les maîtres !

— Mais qu'est-ce que tu racontes ? Notre mission n'est en rien temporelle. C'est aux âmes que nous nous adressons, pas aux corps. Notre seigneur n'a-t-il pas dit qu'il faut rendre à César ce qui appartient à César ? Jésus, fils de Dieu qu'il était, aurait pu devenir empereur d'un claquement de doigts, s'il en avait eu le désir. Tu ne t'es jamais demandé pourquoi il avait choisi de rester humble parmi les humbles ? Tu n'as donc rien appris ? Honte à toi ! Je ne veux plus entendre parler de ces enfantillages, compris ? Tu vas aller trouver l'empereur et lui avouer ta supercherie. Ensuite, tu viendras me voir et nous discuterons de tout cela. J'aime ton ambition pour notre foi et tu as quelques bonnes idées, mais je n'aime pas tes méthodes !

Les deux hommes prennent congé de Marcia. Quand ils quittent la salle, on entend encore Victor sermonner son secrétaire :

— Un hermès-aphrodite ! Où as-tu été chercher ça ? Une simple nymphette ou un éphèbe n'auraient-ils pas suffi ?

— Il a déjà tout ! se défend Saül. Il fallait bien faire preuve d'imagination...

Le reste se perd dans les couloirs monumentaux du palais impérial.

XXI

Ça y est, le grand jour est arrivé. Nous sommes *kalendis Commodo, anno M ab Urbe condita*, c'est-à-dire aux calendes du mois de commode de l'an mille de la fondation de Rome. Si l'on parlait comme les chrétiens, nous dirions le 1er juin 192.

Je ne vous décris pas l'effervescence et la magnificence qui règnent sur la ville. Les historiens le feront mieux que moi et je vous renvoie à leurs écrits.

Comme c'est la tradition à Rome, le jour commence à midi. Et c'est à midi tapante que les jeux s'ouvrent. Commodus étant très impatient de triompher, la cérémonie d'ouverture a été réduite à sa plus simple expression.

Le plus haut représentant du collège des pontifes fait une allocution alambiquée dans laquelle il explique le changement de date de la fondation de Rome, le changement du nom de l'*Urbs* de « Rome » en « Commodiana » et le changement du nom du mois de juin en mois de commode. La foule écoute à peine, tout le monde s'en fout. Tant qu'elle a du pain et des jeux, la plèbe est contente. Les esclaves, eux, profitent simplement du fait de ne pas avoir à bosser aujourd'hui. Les sénateurs se tiennent au premier rang, assis sur des sièges de marbre à leur nom. Ils murmurent entre eux et on voit bien à leur tête que tous ces sacrilèges ne leur plaisent pas.

L'empereur s'y met aussi et fait un bref discours qui explique l'importance des jeux du Millénaire. Il remercie le monde entier d'être venu le voir triompher dans l'arène et accessoirement d'être venu applaudir les autres participants. Il souhaite que le meilleur gagne et ajoute en rigolant que tout le monde sait bien qui est le meilleur, mais bon, il ne veut pas tuer le suspens en en révélant trop. On en a tous marre d'applaudir toutes les deux phrases, mais il faut bien faire plaisir à l'empereur.

Il y a une tribune d'honneur, habituellement réservée au gratin. Pour faire enrager tout le monde, Commodus y a mélangé quelques uns de ses esclaves de la plus basse condition, des gens de sa cour, des invités ordinaires ou de marque, et le seul sénateur qu'il peut encadrer. C'est ainsi que moi et Othon nous retrouvons à partager ce lieu hautement honorifique avec le sénateur Pertinax, le légat Septime Sévère, le chambellan impérial Eclectus, le préfet Laetus, mais aussi le tavernier Syphon et son fils Quintus, l'esclave Nucalis récemment libéré et l'incontournable hermès-aphrodite Mama, qui aguiche tout le monde. En tant que chrétien, Saül n'est pas supposé assister aux jeux, car les tenants de la nouvelle foi condamnent ce spectacle comme dégradant, mais sa qualité d'ami intime de l'empereur l'y contraint. Marcia quant à elle est supposée se tenir dans la zone réservée aux femmes,

171

mais elle passe son temps à faire des aller-retours dans les coulisses pour aider Commodus à se changer, se faire beau, à le rassurer sur sa splendeur.

Je suppose que vous n'êtes pas des bouseux, vous avez déjà assisté à des jeux. Vous savez donc que l'on commence toujours mollo, pour aller crescendo. En vertu de ce principe, ce sont les autruches qui viennent en premier. Comme les autruches supplémentaires ne sont toujours pas arrivées, je ne vous raconte pas l'angoisse dans laquelle nous sommes. Comment va réagir Commodus à la nouvelle ?

L'empereur apparaît. Il a son costume de Diane, sorte de tenue que portent ordinairement les vestales, mais retaillée pour son gabarit. Oui, il aime *aussi* à se travestir en femme. Ses cheveux sont teints en couleur or et sa face est toute noire. Pour d'obscures raisons, Commodus est persuadé que tous les barbiers de l'empire sont à la solde du Sénat et veulent sa peau. Mais pour ressembler davantage à la déesse chasseresse, il a tenu à se raser de près. Il a donc procédé comme il le fait toujours : en se brûlant les poils du mieux qu'il peut. Il n'a pas pensé à se faire les jambes.

Bref. Cinquante mille spectateurs médusés sont en train de regarder un grand gaillard de six pieds, portant une tenue immaculée de vestale qui dévoile des jambes poilues, le visage noirci et les cheveux dorés, en train de gambader dans l'arène du Colisée muni d'un arc en chantonnant : « c'est moi ! je suis prêt ! lâchez les autruches ! » S'il ne s'agissait pas de l'empereur, je suis sûr qu'on serait tous pliés, mais comme la garde prétorienne en armes se tient

172

disséminée dans les gradins et porte tour à tour sur chacun un air farouche, tout le monde applaudit frénétiquement et finit par reprendre en cœur : « les autruches ! les autruches ! »

C'est fini, il faut y aller. Gruffudd sélectionne une autruche dans l'enclos, ouvre le portillon et hurle pour l'exciter à courir. Commodus la dégomme. Les spectateurs applaudissent mollement. Ils ne sont pas encore chauds. Ils attendent la suite.

Commodus fait des tas de courbettes pour saluer son public et crie tout excité à l'adresse de Gruffudd : « envoie les autres ! »

Une autre autruche est lâchée. Elle ne tient pas plus longtemps que la première. Gruffudd a reçu pour consigne de faire « durer » les autruches le plus longtemps possible. Il fait de son mieux, mais il ne faut pas cinq minutes pour ne plus rien avoir en stock.

Commodus, qui sent que la foule commence à s'animer, est passablement frustré.

— Mais qu'est-ce que vous foutez ! Envoyez-moi toutes les autruches !

En désespoir de cause, Gruffudd pousse la dernière autruche, celle qui est malade, en dehors de l'enclos. Elle est tellement mal en point qu'elle ne peut pas courir. Elle claudique en tentant de maintenir droit son gros cou du mieux qu'elle peut. Commodus se la farcit en deux secondes et hurle très énervé :

— Vous croyez que ça me fait marrer, vos blagues ? Lâchez toutes les autruches d'un coup, je vais faire un carnage !

Gruffudd répond sur le même ton : « pas plus d'ostriche ! fini ostriches ! bye bye ostriches ! compris ? »

Commodus est tellement hors de lui qu'il commence à tirer le reste de ses flèches dans toutes les directions, au hasard. La foule, qui en a vu d'autres avec Commodus et qui pense tout d'abord à un sketch un peu douteux, applaudit poliment. Marcia se tord les mains, ne sachant que faire. Au bout d'un moment, une flèche atteint le mollet d'un sénateur. Alors que le pauvre n'ose rien dire et continue à applaudir comme si de rien n'était, un sourire enthousiaste bien que crispé aux lèvres, et le bas de sa toge blanche se teintant lentement de rouge, le reste des spectateurs commence à trouver la plaisanterie un peu bizarre et l'ambiance se refroidit quelque peu.

La vue du sang et le changement d'humeur de la foule redonnent un semblant de contenance à Commodus. Son sens aigu du show business reprend le dessus. Il n'ignore pas que lors des jeux, le véritable souverain est la masse des citoyens, des esclaves et des femmes qui s'entassent sur les gradins. Ce sont eux qui décident. Or ce qu'ils voient ne leur plaît pas. Il cesse ses tirs frénétiques, salue comme s'il venait de terminer un bon numéro et ordonne qu'on évacue le blessé. En bon maître de cérémonie, Commodus déclare que le spectacle doit continuer et pour tromper la frustration de la foule, il annonce la venue de Narcisse, le grand gladiateur idolâtré de tous.

On court chercher la vedette qui n'attendait pas

son tour avant au moins le lendemain. En véritable professionnel, il s'apprête en un clin d'œil, jaillit dans l'arène accompagné de ses adversaires et tout le suite, l'échauffement commence.

Le foule, un temps déconcertée du fait que les combats de gladiateurs surviennent si tôt dans le déroulement des jeux, se console bien vite de cette entorse à la tradition et les clameurs enthousiastes accompagnent bientôt les passes d'armes des hommes de l'art.

Cependant, dans les coulisses, personne n'est à la fête. Commodus vient d'ordonner que l'on fouette Gruffudd, « pour commencer » dit-il. Personne ne se portant volontaire pour lever la main sur le monstre breton, Commodus désigne d'office la première personne qui traverse son champ de vision. Il s'agit d'un gringalet, un scribe dont personne ne sait ce qu'il fait là. L'homuncule, à peine capable de soulever le fouet à bœufs, tape de toutes ses forces sur la bête humaine. Gruffudd a du mal à ne pas rire sous les guilis. N'importe, dans sa rage, Commodus ne voit rien et il rejoint la tribune impériale.

Au lieu d'apprécier la représentation qu'offrent Narcisse et ses hommes, il gesticule et hurle au scandale. Personne ne parvient à le calmer. Il faut dire que personne n'essaye... sauf Saül, qui se croit plus malin que les autres. Il est tellement persuadé d'être cul et chemise avec l'empereur qu'il s'approche de lui et tente de le raisonner. Commodus ne l'écoute pas. Il continue à déplorer le manque d'autruches et nous bassine avec tout ce que leur absence lui coûte en gloire.

175

— Je peux en abattre vingt, trente, cinquante, se lamente-t-il. De quoi ai-je l'air ? Demain, les murs de la ville se couvriront de graffitis moqueurs à mon endroit, les historiens consigneront le fait. Je vais être ridiculisé pendant des siècles.

— Mais non ! le rassure Saül. Les historiens, ils écriront ce qu'on leur dit d'écrire. Quant aux graffitis, tu sais bien qu'ils ne tiennent pas quinze jours, la moindre pluie les efface. Dès demain, tu vas de nouveau te couvrir de gloire en massacrant lions et hippopotames ! Ces jeux, qui ont tant d'importance pour nous, ne vont tout de même pas être ratés à cause de quelques autruches.

Quel faux jeton ce Saül ! On sait bien ce que les chrétiens pensent des jeux. Si ce gars-là parvient à embobiner l'empereur pour arriver à ses fins, il est certain qu'il imposera l'abolition de nos *ludi*, qui remontent à des siècles. On se demande bien comment on va s'amuser alors.

On a jamais vraiment compris comment la suite est arrivée. Nous, dans la tribune, on regardait les gladiateurs se foutre sur la gueule, on ne faisait plus trop attention à l'empereur. On suppose que pour tenter d'attirer l'attention de Commodus, Saül a eu un geste d'apaisement. Toujours est-il que sa main a atterri là où elle n'aurait pas dû. On a entendu un léger « floc », comme quand on donne une petite tape à une outre d'eau. Commodus s'est figé.

Sans le faire exprès, la main de Saül était entrée en contact avec la hernie proéminente de l'empereur.

XXII

Moi, j'aime tout le monde. Mais il y a des personnes que je préfère à d'autres, c'est humain. Par exemple, je préfère Gruffudd à Saül, ça n'étonnera personne. Eh bien, je suis bien content que le martyre de Saül ait sauvé la vie de Gruffudd. En effet, face à l'énorme sacrilège que constitue le geste de Saül, le manque d'autruches apparaît comme un problème dérisoire et semble oublié, du moins momentanément.

La hernie de l'empereur forme une excroissance de peau assez imposante, comme une poche qui pendouille un peu au-dessus de son pubis, sur la droite. Seuls ceux qui sont intimes avec lui en ont conscience. Bousculer cet appendice ne lui cause aucune douleur, mais il ne veut pas que cette infirmité soit connue. Cela blesse sa vanité, lui qui est si beau. Il ne comprend pas que le fils d'un dieu puisse être affligé d'un défaut aussi déshonorant.

Vu la façon dont l'empereur le regarde, Saül comprend très bien qu'avec son geste involontaire, il a violé un tabou et qu'aucun retour n'est possible. Il ne cherche même pas à plaider sa cause. Il est condamné. Heureusement pour lui, il est chrétien et la mort, il s'en fiche.

Commodus claque des doigts et aussitôt surgit Eclectus, son chambellan, qui se penche vers lui.

— Cet homme, là, m'a grandement offensé, dit Commodus. Fais procéder à son arrestation immédiatement.

Eclectus ne pose pas de question. Dans l'entourage de l'empereur, la hernie de celui-ci est un secret de polichinelle et il a très bien saisi tout ce qui s'est passé. Il dit simplement :

— Comme tu voudras, César. Dois-je mander un *carnifex* ?

— Pas tout de suite, hésite l'empereur. Nous devons d'abord décider de son sort.

Les *carnifex*, ce sont les bourreaux. Commodus n'aurait qu'un mot à dire et Saül serait étranglé séance tenante. Mais on voit que Commodus est embêté. Saül, c'est son nouveau copain. Ce dernier a la vie sauve, provisoirement.

À cause du fracas des armes et des gladiateurs qui gueulent pour se donner du courage, l'empereur et Eclectus sont obligés de crier pour communiquer si bien que nous entendons tout ce qu'ils disent. Nous faisons comme si cela ne sous regardait pas. Au bout de quelques minutes, des gardes surviennent. Eclectus leur désigne Saül.

Commodus est très affecté par la situation. Il se drape dans sa dignité et n'a ni un mot, ni un regard pour le prêtre qu'on emmène au cachot. Il voudrait prendre plaisir à assister au combat des gladiateurs, surtout que Narcisse est son chouchou, mais il n'arrive pas à se concentrer. Même Mama ne parvient pas à le dérider. Au bout de quelques instants, prétextant « le besoin de réfléchir », il se retire dans la loge aménagée spécialement pour lui.

Je ressens un peu de pitié pour Saül. Je pense surtout à la peine que va éprouver Marcia. Elle l'aime bien, son petit curé. Profitant d'un entracte, je pars à sa recherche.

Je sais que Marcia n'assiste jamais aux combats de gladiateurs. Elle prétend que c'est pour des raisons religieuses, mais un jour, elle m'a avoué que voir des hommes à moitié nus s'entr'égorger, cela lui donne des rêves érotiques à la limite du supportable.

Je me rends dans l'hypogée, structure labyrinthique se trouvant sous le Colisée et abritant les cages et enclos des animaux. J'arpente d'interminables couloirs souterrains. Après avoir demandé après Marcia à de nombreuses reprises, on finit par m'indiquer l'étable de Zaraf dans laquelle je trouve la concubine impériale en compagnie de Tanaït. Elle est venue s'assurer que le camélopard est prêt pour son apparition dans l'arène.

Je la mets au courant de ce qui vient de se passer entre Commodus et Saül. Elle se précipite auprès de l'empereur. Je la suis.

Arrivée à la porte de la loge, Marcia me renvoie. Elle désire être seule avec son amant.

J'irais bien tenir compagnie à Tanaït, qui doit se sentir triste, toute seule avec Zaraf, mais l'entracte touche à sa fin et je dois rejoindre les autres dans la tribune impériale. Ne pas y aller serait mal vu.

179

Moi, simple esclave à qui l'on fait tant d'honneur, je ne peux pas me permettre de cracher au visage de celui qui me comble de bienfaits.

J'arrive tout juste avant la reprise des combats. Les invités de l'empereur sont en train de s'entretenir de ce qui s'est passé.

— Saül est foutu, pronostique Septime Sévère.

— Ce n'est pas certain, le contredit Pertinax. Je n'ai jamais vu Commodus marquer autant d'estime à quelqu'un qu'il connait depuis si peu de temps.

— C'est étrange tout de même, intervient Syphon. Il n'y a pas un citoyen dans tout l'empire qui ne se demande comment entrer dans les bonnes grâces de l'empereur et c'est ce nabot insignifiant qui y parvient, juste en lui faisant présent de cette créature.

Le tavernier désigne Mama. Celui-ci, comprenant qu'on parle de lui, se met à effectuer une série de courbettes obscènes, en s'arrangeant pour mettre ses attributs naturels en valeur.

Septime Sévère se met à faire la gueule. Il lui a fallu batailler contre des barbares arriérés pendant des années avant d'être admis auprès de Commodus. À peine est-il parvenu à ses fins qu'il est supplanté dans le cœur de l'empereur par un Saül dont le seul mérite est d'avoir su combler la lubricité fatiguée du fils de Marc-Aurèle.

*
* *

Il m'a fallu attendre le repas du soir pour connaître la suite de l'histoire.

Comme c'était la *cena* faisant suite à la cérémonie d'ouverture des jeux du Millénaire, on avait mis les petits plats dans les grands et tout le monde était sur son trente-et-un. Avant les grandes occasions, Marcia prétend qu'elle me veut auprès d'elle afin de s'assurer de la bonne tenue de ma chevelure mais la vraie raison, c'est qu'elle adore être regardée et elle sait que je suis son plus fervent admirateur.

Par un tour de passe-passe dont elle a le secret, elle parvient à me tripoter les cheveux tout en se coiffant.

— J'ai obtenu la grâce de Saül, dit-elle soudain. Ça n'a pas été bien difficile. L'empereur ne demandait qu'à être convaincu.

Le diner arrive. Commodus est allongé en compagnie de Septime Sévère, son hôte de marque. Il n'arbore pas son air satisfait, habituel quand des réjouissances commencent. L'explication est simple : Saül n'est pas en vue. Mais le nabot ne met pas longtemps à faire son apparition. Il arrive entre deux gardes, droit de son cachot. On le plante devant l'empereur, qui retrouve le sourire. Il réclame le silence. Il considère Saül avec bienveillance et annonce d'une voix forte :

— Saül, mon ami, le crime que tu as commis est impardonnable aux yeux des dieux, mais au regard des immenses services que tu as rendus à l'État, je t'accorde ma grâce ! Va enfiler un habit décent et rejoins-nous. Septime, qui t'adore, va te faire une place. Nous allons faire la fête et nous éclater ! Et pour te faire oublier les quelques heures passées au cachot, je t'accorde un souhait. Que désires-tu ?

Personne ne s'attendait à une autre issue et nous sommes sur le point d'émettre quelques vivats pour saluer la mansuétude de l'empereur. Mais Saül n'est pas de cet avis ! Avant que le moindre courtisan n'ait eu le temps de lancer le signal d'une quelconque ovation, le prêtre se met à hurler :

— Quoi ? ! Mais je la refuse ta grâce pourrie ! Je mérite la mort ! Tu me demandes un souhait ? Eh bien mon souhait, c'est de mourir, na !

Commodus est interloqué. Il se tourne vers Septime d'un air interrogateur. Le légat hausse les épaules en signe d'incompréhension. L'assemblée commence à considérer le petit Saül avec un respect qu'elle était loin de lui témoigner jusqu'à présent. Il y a chez les romains décadents de nos jours des relents de stoïcisme qui leur font admirer ceux qui, à l'image du mythique Caton, affichent un mépris de la mort.

— Tu es sûr que c'est ce que tu veux ? demande Commodus, incrédule.

— Oui ! Je ne veux rien d'autre. Et je ne veux certainement pas faire la fête, comme tu dis. Je n'ai que mépris pour l'alcool et la luxure. Je ne suis pas complètement dégénéré, moi ! Je suis un homme de Dieu. J'ai de plus hautes ambitions que de passer mon temps à me vautrer dans la fange.

On a l'impression que Saül va cracher au visage de Commodus. Celui-ci perd rapidement patience.

— Comme tu voudras, réplique-t-il d'un ton sec. S'il n'y a que cela pour te faire plaisir, tu vas mourir.

Il appelle le chambellan Eclectus et lui demande de faire venir le meilleur *carnifex* immédiatement.

— Dans quelques minutes, tu seras dans cet autre monde dont tu m'as parlé. Tu pourras y saluer mon frère Jésus-Christ. Rassure-toi, tu ne sentiras rien, je donnerai des ordres pour que ton trépas soit le plus indolore possible.

À ces mots, Saül explose.

— Tu rigoles ? Tu veux me faire étrangler en douce, comme un esclave à réduire au silence vite fait, bien fait ? ! Mais je mérite la pire des morts ! J'exige d'être martyrisé dans le cirque, à l'ancienne. Commodus, tu me dois bien ça. Que serais-tu sans moi ? Moi qui ai fait de toi le fils unique du dieu unique !

Devant l'air incrédule de l'assemblée, il poursuit :

— Ça fait des années que je fais tout ce que je peux pour imiter notre seigneur Jésus-Christ, pour souffrir autant qu'il a souffert. Je porte des calices, je me contrains au jeûne, aux mortifications. Je ne copule jamais, même pas selon la pratique d'Onan. Je me suis même amputé les génitoires ! Et là, j'ai la chance de pouvoir enfin vivre un *vrai* martyre ! Mais c'est la sainteté assurée ! Je vais rejoindre Saint-Pierre et Saint-Paul dans le panthéon !

Eclectus interroge Commodus du regard.

— C'est vrai, dit ce dernier, je lui dois beaucoup... Mais Saül, tu vas beaucoup souffrir. Tu es sûr que c'est ce que tu veux ?

— Oui, j'en rêve depuis que je suis tout petit !

— Eh bien soit. Demain, nous organiserons pour toi le plus grand martyre que Rome — je veux dire *Commodiana* — ait connu !

— Ah merci, merci, Commodus ! Je pensais que t'avoir converti me procurerait la joie la plus intense qu'il soit donnée à une créature de Dieu. Je me trompais. Tu me donnes encore davantage ! Je ne regrette qu'une chose : ne pas pouvoir assister à ton baptême, prévu pour la cérémonie de clôture de ces jeux.

Commodus fait la tête de celui qui, ordinairement complètement allumé, est tombé sur plus fort que lui. Il ne cache pas son admiration. Des larmes lui viennent aux yeux. À la fin, il prend Saül dans ses bras et l'étreint comme un frère.

XXIII

Le lendemain les jeux reprennent. Le programme est complètement chamboulé. Il était originellement prévu que l'empereur ouvre la journée par une série de corps-à-corps avec des hyènes. Au lieu de cela, on a droit de nouveau aux gladiateurs. Pour calmer les esprits et fournir une explication aux extraordinaires bouleversements de ces dernières heures, on a fait courir le bruit que les hyènes se sont échappées de leur enclos, sont parvenues jusqu'aux autruches et les ont toutes bouffées, sauf les cinq qu'on a vues hier. Mais le responsable de cette catastrophe, un nommé Gruffudd, ne perd rien pour attendre et si le peuple sait faire preuve de patience, il lui sera offert un supplice comme on en a rarement vu.

Cependant, les gladiateurs ne sont à l'œuvre que depuis quelques minutes que Commodus fait sonner la fin prématurée du combat, sans se soucier des gagnants. Il fait chercher un héraut pour qu'on lui amène un porte-voix. Sa décision d'interrompre l'affrontement est saluée par des huées et des sifflets, mais il n'en a cure. Il fait un geste destiné aux gardes qui, au bout de quelques instants, parviennent à obtenir le calme. Et c'est d'une voix déformée par l'émotion qu'il éructe la stupéfiante déclaration suivante :

— Citoyens ! Dans quelques instants, vous retrouverez Narcisse et ses valeureux compagnons. Mais en attendant, l'empereur a le privilège de vous faire jouir d'un spectacle que l'on n'avait plus vu dans le cirque depuis des générations et que nous avons décidé de faire revivre de façon exceptionnelle pour cette circonstance exceptionnelle : le *vrai* martyre d'un *vrai* chrétien !

Applaudissements mous et vivats apathiques saluent cette tirade. Ça embête Commodus, qui se doit de mettre le turbo à son baratin.

— Le chrétien dont il s'agit n'est pas n'importe qui ! poursuit-il. Nous allons exécuter devant vous rien moins que le secrétaire particulier de l'évêque de Commodiana ! L'évêque ! La plus haute autorité des chrétiens ! Ce misérable a eu le malheur de commettre sur ma personne un attentat regrettable et il souhaite être mis à mort suivant la tradition de sa secte.

Pendant ce temps-là, Saül est conduit au milieu de l'arène. Il est tout content d'être le centre de l'attention. J'essaie d'apercevoir Marcia pour voir comment elle prend la chose, mais mon regard ne la trouve nulle part.

Saül n'arrête pas d'avoir des exigences de diva vis-à-vis des gardes ; ceux-ci se tournent sans cesse vers Commodus pour demander confirmation. Commodus dit oui à tout. Il ne sait pas quoi faire pour contenter son ami.

— Je veux être crucifié, s'il vous plaît, demande Saül. Mais auparavant, déshabillez-moi, et fouettez-moi. Cela occupera le public pendant que vous préparez le *patibulum*.

Ainsi commença le martyre de Saül, ex-Apollon. Il ne dura pas très longtemps car le gars n'était pas très solide. De plus, persuadé qu'il allait rejoindre son Dieu dans l'autre monde, il ne tenait pas vraiment à la vie. Après avoir été fouetté, il eut encore la force d'engueuler les bourreaux car ceux-ci avaient commencé à le crucifier à l'endroit, comme un plouc. Il réclamait d'être crucifié tête en bas, comme Saint-Pierre.

Au moment de passer de vie à trépas, il souriait, tout heureux d'être là. Il contemplait Commodus avec un regard béat éperdu d'amour. Commodus lui envoyait des bisous en pleurant : « Adieu, mon ami, adieu ! Heureusement, il me reste Mama pour toujours me souvenir de toi ! »

*

* *

Le public, appréciant moyennement la performance, commence à gronder et à réclamer quelque chose de plus excitant. Si bien que dès que Saül semble avoir quitté ce monde, sa dépouille est évacuée et les gladiateurs occupent l'arène.

Commodus est mal à l'aise. On voit bien que son esprit est loin de suivre les évolutions de Narcisse et ses sbires. Pour la première fois de sa vie peut-être, il éprouve un remord. Il n'aurait pas dû céder à Saül. Il demande des nouvelles du supplicié. On lui confirme que celui-ci est bien trépassé. Commodus ne veut rien entendre et exige que son médecin personnel essaie par tous les moyens de faire revenir Saül du monde des morts. Bien évidemment, les miracles n'arrivent que dans les légendes et au bout d'une heure environ, on lui annonce que tout a été tenté en vain : le prêtre est irrémédiablement passé de l'autre côté.

Commodus s'énerve.

— Décidément, dans cet empire, je dois tout faire moi-même ! décrète-t-il. Modus, vient avec moi, je vais le faire revivre, moi, ce déconneur de Saül.

Il faut vous dire qu'entre tous ses fantasmes, Commodus possède celui de se croire grand médecin ! Je l'ai déjà vu à l'œuvre et je crains le pire. En effet, le seul « remède » que Commodus pratique, c'est la saignée. Il n'en connait pas d'autre. Le fait qu'il m'ait demandé de l'accompagner ne présage rien de bon : il est clair qu'il anticipe de l'essuyage de mains.

Avant de nous rendre auprès de ce qui reste de Saül, nous nous arrêtons dans la loge de Commodus. Il a demandé qu'on lui envoie son costume de médecin. Il ne pratiquerait jamais la médecine en toge, il lui faut la tunique qu'un charlatan lui a cédé à un prix d'or, prétendant qu'elle avait appartenu à Hippocrate lui-même. Bien entendu, Commodus n'a aucune idée de l'histoire et des longues périodes. Il ne s'est jamais demandé comment une tunique de lin a pu rester intacte pendant le demi-millénaire qui nous sépare de la mort du grand médecin grec.

Commodus me fourre la trousse renfermant ses lancettes dans les mains et je le suis dans le dédale de l'hypogée jusqu'à la morgue où finissent les cadavres des suppliciés et des gladiateurs morts au combat. Essentiellement, il s'agit d'un crématorium. Les dépouilles non réclamées par les familles (moyennant finance) y sont incinérées.

Dans cet antre de la mort et de la tristesse, le cadavre de Saül a été disposé sur une table. Tout mort qu'il est, il arbore un grand sourire. Vraiment, le gars était content d'y passer, c'est extraordinaire !

Commodus pratique pendant une bonne heure des dizaines de saignées sur le corps sans vie de son ami. Mes cheveux sont tout sanguinolents à force de servir à essuyer les mains de l'empereur rougies jusqu'aux coudes. Mais rien à faire, Saül insiste pour rester mort. À la fin, comme il ne trouve plus un endroit à taillader, Commodus décrète que Jupiter a vraiment décidé d'accorder à Saül ce qu'il voulait, à savoir la mort, et que cela est sûrement pour le mieux.

Commodus fait le brave, mais je vois bien les larmes dans ses yeux. Il n'y a qu'un être dans tout l'empire pour regretter Saül et il faut que ce soit le plus puissant et le plus corrompu.

Je voudrais vraiment que ce soit la fin de ce délire, mais la mine de Commodus n'a rien pour me rassurer. Il affiche sa tête de mécontent dont je sais d'expérience qu'elle est le prélude à de grandes colères.

*
* *

Après nous être changés et nettoyés, nous rejoignons la tribune impériale. Commodus tente toujours désespérément de se concentrer sur les jeux. N'y parvenant pas, il exige de nouveau un bouleversement de programme. Les gladiateurs sont renvoyés et on annonce les hyènes. L'empereur file se changer dans sa loge.

Un décor montagneux de carton-pâte a été hâtivement monté. Un laïus, tant interminable qu'inutile, est déclamé dans un grec approximatif par un chœur d'enfants. On y explique que le gentil empereur va symboliquement défendre l'empire contre de méchants loups. Commodus émerge des coulisses. Il est grimé en pâtre d'Asie Mineure. C'est muni d'un solide bâton de berger et d'un poignard ridicule qu'il affronte les fauves. Cependant, Gruffudd étant sous les verrous, les hyènes ont été incorrectement préparées et elles se trouvent totalement dépourvues d'agressivité. Le moindre effleurement les fait fuir au lieu de les révolter contre l'agresseur. L'empereur leur cavale après en tous sens. À chaque fois qu'il est sur le point d'en atteindre une, celle-ci se carapate en riant, rire qui se répercute mécaniquement à ses congénères.

— Venez vous battre, bandes de lâches ! s'époumone Commodus en vain.

Finalement, hors d'haleine, il cesse sa course folle et reprend son souffle sous les lazzis et les rires des milliers de spectateurs. Habitué aux triomphes

190

faciles — quoique souvent mérités — il est à l'agonie.

— Tout ça, c'est la faute des autruches ! s'écrie-t-il soudain. Qu'on amène l'incapable qui a la charge des animaux ! Je vais vous en donner, moi, du martyre !

Après quelques instants de flottement, Gruffudd est lâché dans l'arène. Son visage n'exprime aucune crainte, aucun étonnement. Il se balade les mains dans le dos, comme s'il flânait sur le forum, un jour de marché. Les hyènes, qui le connaissent viennent le renifler. Il leur accorde quelques caresses distraites.

Commodus suit le manège du breton pendant quelques instants et, pris d'une rage soudaine, il se précipite sur lui. Les hyènes fuient en se marrant, Gruffudd pare les coups du redoutable bâton ferré comme il chasserait des mouches inopportunes. Commodus ne met pas longtemps à réaliser que c'est Gruffudd qu'il affronte devant tout Rome, et son échec lors de leur première confrontation, quand le breton venait d'arriver dans la capitale, lui revient en mémoire. Le public semble s'en souvenir aussi et le ridicule dont Commodus était déjà victime à cause des hyènes se renforce de minute en minute.

— Qu'on m'apporte mon arc à lions ! beugle-t-il.

Dès que l'empereur sera entré en possession de son arme la plus meurtrière, Gruffudd sera un homme mort. La foule vocifère, tous les spectateurs, les sénateurs les plus craintifs, les esclaves les plus soumis, la totalité de la plèbe, l'entièreté des patriciens, tout le monde a le pouce en l'air.

191

On assiste à un commencement d'émeute que les prétoriens ont le plus grand mal à réprimer. Personne ne veut voir une force de la nature comme Gruffudd exécuté comme un chien, à dix ou vingt pas.

Mais Commodus n'entend plus. Sa colère couve depuis ce matin et il a un vieux compte à régler avec Gruffudd.

L'arc monumental est apporté. Gruffudd pourrait se mettre à courir, pour tenter d'éviter son destin funeste, mais il est brave et c'est d'un air moqueur, supérieur, triomphant qu'il attend la mort. Son attitude galvanise la foule. Il n'est pas un romain qui ne se sente breton à cet instant.

Commodus encoche une flèche qui pourrait servir de *pilum* à un légionnaire tant sa taille est imposante, il vise...

Mais soudain, un lourd galop retentit. La flèche, que l'empereur a lâché au moment où il tournait la tête pour voir d'où vient la cavalcade, se perd dans le sable de l'arène. Gruffudd est sain et sauf. Sa barbe hirsute s'écarte pour faire place à un large sourire. On l'entend hurler : « *magnus* ! »

Zaraf est en train d'effectuer une course des plus élégantes, son long cou tournoie, accompagnant le déplié de ses interminables pattes.

Fasciné et vaincu, Commodus assiste à ce surprenant spectacle.

XXIV

Combien de temps des milliers de têtes suivent les évolution gracieuses du camélopard ? Nul ne saurait le dire. Le temps a suspendu son vol et profitant de l'occasion, les heures propices ont suspendu leur cours. Commodus, toujours muni de son arc titanesque ne sait quelle attitude adopter.

À la fin cependant, la nature humaine reprend ses droits et dans le silence aérien, un abruti s'écrie :

— *Neca* !

Alors comme un seul homme, les milliers de spectateurs se mettent à scander :

— Ne-ca ! Ne-ca !

Commodus a le moyen de faire oublier le ridicule dont il fait preuve depuis la mort de Saül. Cependant il hésite, hypnotisé par la majesté du camélopard. Mais la pression de la foule est la plus forte. Il vise et d'un seul trait ajusté au cœur, il abat le fantastique animal.

Zaraf s'écroule d'un coup. La flèche, c'est moi qui vient de la recevoir dans la poitrine. Je ne pense qu'à Tanaït et à la souffrance qu'elle doit ressentir à cet instant. J'en suis le seul responsable. C'est moi qui ait soufflé à Othon d'aller ouvrir l'enclos de Zaraf et de le lâcher dans l'arène, pour faire diversion. Y avait-il un autre moyen de sauver Gruffudd ? Oui, peut-être... Mais rien d'autre ne m'est venu à l'esprit. Ah Vénus et Dionysos ! Et si Tanaït apprend ce que j'ai fait ?

Faisant fi de toute convenance, je quitte brusquement la tribune impériale et je fonce dans les coulisses, à l'endroit où je sais pouvoir trouver Tanaït.

La scène à laquelle j'assiste alors ne quittera jamais ma mémoire, dussé-je vivre jusqu'à l'âge avancé de quarante ans.

Tanaït est dans les bras de Marcia, si l'on peut dire, vu sa corpulence. En fait la nubienne recouvre entièrement le corps de la favorite impériale et on devine plutôt qu'on ne voit Marcia, derrière. Tanaït pleure, pleure à gros bouillons en reniflant comme un chameau. La robe de Marcia est couverte de larmes et de morve. Mais cette dernière, pourtant si soucieuse de son apparence, n'en a cure. Elle laisse le chagrin de la grosse s'épancher dans son sein. Je m'approche timidement. Je pose mon bras sur l'épaule de mon idole. Par une habile manipulation, Marcia parvient à me glisser dans les bras de Tanaït de sorte que c'est maintenant moi qui la console.

Elle pleure toujours, et puis peu à peu, elle se calme et reprend emprise sur elle-même. Elle réalise où elle se trouve.

— J'ai tout fait pour empêcher cela, je dis.

Vénus est une déesse coule. Elle me pardonnera ce mensonge.

— Ton empereur est le dernier des hommes. Il n'y avait qu'un camélopard dans tout Rome. Il avait des dizaines d'autres animaux à immoler dans ses jeux de merde. Pourquoi a-t-il fallu qu'il choisisse celui-là ? Zaraf ne lui avait rien fait. N'était-il pas un être exquis, un être délicieux ?...

— Oui, Tanaït.

— Un camélopard inouï, adorable ?...

— Oui, Tanaït.

— Un esprit sublime ?...

— Tanaït !

— Un cœur profond, inconnu du profane. Une âme magnifique et charmante ?

Je ne dis plus rien, elle va finir par me pondre des alexandrins. Je m'abstiens aussi de lui faire remarquer que le sacrifice de Zaraf a sauvé la vie de Gruffudd. Il est des liaisons dont je préfère qu'elles ne se fassent pas dans sa tête.

Nous nous trouvons dans une étable de l'hypogée, les coulisses situées au-dessous de l'amphithéâtre. Du dehors, on entend les terribles grondements de la foule qui fait un triomphe à Commodus. Tout en consolant Tanaït comme je peux, j'imagine l'empereur en train de se pavaner sur le cadavre monumental de sa victime, prenant la pause, levant des bras victorieux au ciel.

C'est plus tard que nous avons appris l'immonde profanation dont il s'était rendu coupable. Comme c'est l'usage, il a d'abord coupé les oreilles et la queue du camélopard. Ça lui a pris du temps, vu qu'il n'était muni que de son canif de berger. Puis, porté par une foule chauffée à blanc, il s'est emparé des roubignolles géantes du camélopard et les a tranchées. Il les a ensuite brandies au peuple en délire.

Gruffudd, retiré dans un coin, assiste à cette scène barbare. Son visage est décomposé. Des larmes involontaires inondent sa barbe. Les poings serrés, il répète, comme dans un songe :

— No! Pas *bollocks* camélopard! Méchant, méchant Commodus!

*
* *

Marcia est allée aux nouvelles. À son retour, elle me fait signe de la suivre. J'abandonne à regret Tanaït à ses larmes et j'accompagne Marcia derrière une mangeoire pour pouvoir converser en secret.

— J'ai deux nouvelles, dit-elle. Une bonne et une mauvaise. La bonne, c'est que Gruffudd est gracié. L'empereur ne veut pas ternir son triomphe en exécutant maintenant cette figure si populaire.

— Génial! Le pauvre Zaraf n'est pas mort en vain...

— Oui, mais cela me conduit à la mauvaise nouvelle : Le peuple veut voir la tradition des égyptiens appliquée en l'honneur de Zaraf.

Rome possède beaucoup d'usages à la con. L'un d'eux veut que quand on sacrifie un animal exceptionnel, pour marquer le coup, on exécute aussi les soigneurs de la bête, comme cela se pratiquait pour les anciens pharaons d'Égypte qui gagnaient le royaume des morts accompagnés de leurs serviteurs et de leurs concubines.

Vu le côté unique de Zaraf, le peuple commence à réclamer l'application du rituel et effectivement, en prêtant l'oreille, j'entends des cris se faisant entendre des tribunes en ce sens.

Mais moi, ça ne fait pas mon affaire. Je suis amoureux de ma nubienne. Et à part il y a cinq minutes, pour l'entendre beugler comme un veau, je ne l'ai jamais seulement tenue dans mes bras.

— Maîtresse, j'implore, tu ne vas pas les laisser me tuer ma Tanaït, hein ?

— Je vais faire tout ce qui est en mon pouvoir, je te le promets. Mais quand le sang, le soleil de plomb, le vin, tout cela se mélange... les hommes perdent la tête.

Un léger bruit me fait me retourner. C'est Tanaït qui nous a rejoint. À voir sa mine, on devine sans peine qu'elle n'a rien perdu de la conversation.

— Je m'en fous complètement de mourir, dit-elle d'une voix blanche. Quelle sera ma vie sans Zaraf, de toute façon ? Ils étaient bien sages, les anciens, d'avoir instauré ce rituel.

— Mais, mais, mais... je commence.

— Tu m'aimes, c'est ça ? enchaîne-t-elle. Qu'est-ce que ça change ? Je ne suis qu'une esclave. Si tu me sauves, je resterai une esclave. Si l'on me tue, je mourrai comme une pharaonne. C'est super classe.

À ces mots, je m'emporte :

— Tu es complètement conne ! D'abord, le pharaon, dans le rituel, c'est Zaraf, pas toi, pauvre pomme ! Ensuite, je suis à quelques mois d'être affranchi. J'ai du fric de côté, je te rachèterai à Heddi. Nous serons libres, nous pourrons même quitter Rome si l'*Urbs* te rappelle de trop mauvais souvenirs. Nous irons à Ostie, Syphon me trouvera du taf. On sera bien heureux.

— Modus a raison, me soutient Marcia. Tant qu'on le peut, il faut vivre, c'est un devoir sacré.

Je regarde Tanaït de tous mes yeux. Je voudrais que mon regard puisse la convaincre. J'espère que Marcia ne va pas se mettre à prêcher, ce serait bien le moment ! Mais non, elle se contente de prendre la main de Tanaït et de la regarder doucement, comme elle seule sait le faire. Un regard doux, profond, sincère... Putain, en matière d'amour et de compassion, ils sont doués, ces chrétiens !

Tanaït capitule.

— Ok, ok, souffle-t-elle. Je veux bien essayer de vivre...

À peine a-t-elle prononcé ces mots, qu'on entend une voix patibulaire proclamer :

— Où se trouve la suite du camélopard ? On demande les soigneurs du camélopard dans l'arène tout de suite ! Ordre de l'empereur !

*
* *

Un garde prétorien, flanqué d'un prêtre chauve et barbu apparaît dans l'étable où nous nous sommes réfugiés. Dès qu'il m'aperçoit, il prend un air satisfait.

— Toi ! me lance-t-il. Sais-tu où se cache la grosse avec qui tu es toujours fourré ? L'empereur exige sa présence dans l'arène séance tenante pour un devoir religieux sacré, obligatoire et impératif.

— Euh... j'ignore où elle se trouve, je tente.

Bien entendu, la mangeoire derrière laquelle Marcia et Tanaït se sont retranchées dès qu'elles ont entendu la voix du prétorien offre un piètre refuge.

Le prêtre qui accompagne le garde ne manque pas de les localiser.

— Ce n'est pas cette fille, là, derrière la mangeoire ? demande-t-il.

Marcia émerge de la pauvre cachette et, tentant de protéger Tanaït en faisant un rempart de son corps, elle lance :

— Sais-tu qui je suis ?

— Oui maîtresse, répond le garde. Tu es Marcia, la première concubine de notre empereur bien aimé...

— Bien. Si on te dit que cette fille n'a rien à voir avec le camélopard, c'est que c'est vrai, vu ?

Elle a pris son ton hautain, impérial, sans réplique. Le garde perd de son assurance, mais le prêtre ne se laisse pas démonter.

— Sauf ton respect, maîtresse Marcia, l'empereur a bien insisté pour qu'on amène cette fille. Il a même anticipé que tu pourrais te mettre sur son chemin et tenter d'empêcher le rituel. Selon ses propres mots :

« Si ma première concubine essaie de vous faire une de ses entourloupes chrétiennes comme quoi il ne faut pas tuer l'innocent ou autre connerie, vous passez outre et vous m'amenez la soigneuse, c'est un ordre. »

199

Le garde, réconforté, s'approche des deux femmes. Marcia ne sait plus trop quoi faire. Elle n'ignore pas que les prêtres impériaux ont horreur des chrétiens. Celui-là comme les autres. Il rêverait de pouvoir faire condamner Marcia pour obstruction au rituel.

Soudain, Vénus m'inspire une idée de génie.

— Vous devez respecter le rituel ! je hurle. Vous ne pouvez pas emmener Tanaït.

— Et pourquoi donc, essuie-main ? me rétorque le prêtre d'un ton méprisant.

— Parce qu'elle est pleine ! Je connais les rituels de l'ancienne Égypte. Les servantes et concubines du pharaon qui attendaient un enfant ne le suivaient pas dans la mort. Faire mourir une femme enceinte aurait constitué un sacrilège immense.

Ne me demandez pas comment je sais ce truc. Encore une réminiscence de mes lectures de jeunesse, sans doute.

Le garde qui s'apprêtait à s'emparer de Tanaït, s'arrête et consulte le prêtre du regard.

— Cet esclave a raison, dit ce dernier. Mais qui nous prouve que cette femelle est pleine ?

— Mais enfin ! je m'écrie. Vous ne voyez pas son ventre qui pendouille ?

Tanaït est légèrement obèse et en effet, sa zone abdominale est assez développée. Le prêtre s'y laisse prendre.

— Soit. Je vais informer l'empereur de ceci. Mais suspicieux comme il est, il va vouloir savoir qui est le géniteur...

— C'est moi, c'est moi ! je saute sur place. Je ne suis pas puceau du tout ! Je monte cette fille régulièrement, hein Tanaït, hein ? Marcia, tu le sais bien toi, que j'ai engrossé Tanaït, mais dis-leur !

Marcia se jette sur l'occasion :

— Mais oui, c'est bien simple, on ne peut pas les décrocher l'un de l'autre ces deux-là. Toujours à forniquer, ils nous fatiguent !

Le prêtre interroge alors Tanaït :

— C'est vrai ? Tu attends un enfant d'un esclave de l'empereur ?

Après un court instant d'hésitation, elle répond, les yeux baissés :

— Oui, celui-là est mon mari et je porte son enfant.

XXV

Moi, je devrais être bien content, car à cause de la mort de Zaraf, du rituel des égyptiens et tout ça, j'ai été marié à Tanaït dans les jours qui ont suivi. Pour faire vrai, Marcia a organisé une petite cérémonie. Tous mes amis étaient là : Syphon, son fils Quintus et son pote Nucalis, Othon et les autres esclaves, le vieil Antiphon... Commodus, aimable et bienveillant, a daigné faire une apparition. Il était joyeux, indulgent, compréhensif. Il a même essayé de plaisanter avec Gruffudd, mais ce dernier lui a jeté un regard si meurtrier, que l'empereur s'est vite détourné, la peur au ventre, et a fait mine de s'intéresser à la conversation qu'entretenait Othon et Heddi, à propos d'une course de char controversée.

— Mon fidèle Modus, a-t-il ricané, tu jouais les puceaux et en fait tu avais enfanté, sans même me le dire ! Quel cochon tu fais !

Comme le veut une tradition — dont je soupçonne qu'elle ait été inventée par Commodus à l'occasion de mon mariage pour épater la galerie — l'empereur a décrété que les rôles étaient inversés et qu'il devenait mon essuie-main pour ce jour-là seulement. J'ai dû faire semblant de me salir les mains, alors que je mange super proprement d'habitude, et je les ai vite essuyées sur la tête que l'empereur me tendait en souriant d'un air patachon. Il s'est ensuite relevé, radieux, sous les applaudissements, et a plaisanté :

— Maintenant, c'est à mon tour de passer une heure sous les mains expertes de Marcia pour qu'elle me nettoie tout ça !

Bref, c'était un peu coincé mais les chroniqueurs auront peut-être deux ou trois lignes à écrire sur le mariage de l'esclave Modus. Ils sont si friands d'anecdotes.

Pour le reste, les choses ne se passent pas vraiment comme je l'aurais voulu. Femme ou pas femme, Tanaït ne veut pas entendre parler de coït entre nous. Elle a dit à Marcia qu'elle n'avait aucun goût pour moi, que je suis trop laid. Elle ne s'est pas regardée ! Mais bon, je ne peux pas la forcer. Certes, mon désir pour elle a tendance à s'émousser. Je ne sais pas pourquoi, mais je la trouve moins bandante, depuis qu'elle est ma femme.

Ce matin, nous avons eu notre première dispute sérieuse. Pour faire comme si nous étions vraiment mariés et amants, nous partageons la même couche. Nous ne dormons pas très bien en général, car Gruffudd insiste pour passer la nuit avec nous. Il n'est plus tout à fait le même depuis la profanation génitale de Zaraf. Il est triste, il fait des cauchemars. Dès la fin du jour, il vient se glisser entre nous, en ahanant et en nous soufflant son odeur de bête dans les cheveux. Il s'endort rapidement, mais il ronfle, il pète mauvais et de temps en temps, on l'entend murmurer dans son sommeil : « méchant, méchant Commodus ». Pas génial pour développer des relations intimes. Ça fait bien l'affaire de Tanaït. Elle tient un prétexte pour que je ne la touche pas. Mais ce matin, c'est différent. Gruffudd a dû veiller à la ménagerie toute la nuit. Sa lionne favorite mettait bas et il ne l'aurait laissée seule sous aucun prétexte.

Tout bandant comme on l'est à seize ans, au réveil qui plus est, j'ai essayé d'entreprendre Tanaït. Mais elle est restée insensible à toutes mes marques de tendresse ou d'ardeur.

— Tanaït, je t'aime. Tu pourrais faire un effort. Te laisser monter une fois, rien qu'une fois. On le fera à ton idée, par derrière comme les chiens si tu veux, comme ça tu ne verras ma face !

— Tu ne comprends rien ! D'abord, ce n'est pas vrai que tu m'aimes. Celle que tu aimes c'est Marcia. Ça se voit comme le nez au milieu de la figure !

— Mais je te jure...

— Réfléchis bien à ça : si nous étions toutes deux en train de nous noyer et que tu ne pouvais en sauver qu'une, laquelle choisirais-tu ?

La vache ! Elle a raison, la conne. S'il le fallait, je laisserais mourir cent personnes pour sauver Marcia.

— En plus, enchaîne-t-elle sans me laisser approfondir davantage, les dieux m'ont ainsi faite que je n'ai aucun désir pour les hommes. Même les beaux gladiateurs me laissent indifférente. J'appartiens à Lesbos, tu piges ?

Ça, ça m'achève... Je ne me taperai jamais ma femme. Il va encore falloir inventer des salades pas possibles pour expliquer pourquoi le bébé sensé grandir en son sein ne sortira jamais.

*

* *

Aujourd'hui, les jeux du Millénaire touchent à leur fin. Ces derniers temps, les gradins du Colisée étaient un peu déserts, le peuple ayant eu son content de sang et d'émotions.

Mais ce matin, c'est différent. L'empereur a annoncé un événement extraordinaire, à ne manquer sous aucun prétexte. L'amphithéâtre est de nouveau bondé, il se remplit encore et toujours davantage, à mesure que l'on s'approche de la cérémonie de clôture, car la grande annonce sera faite à cette occasion.

Nous, nous savons bien de quoi il retourne, mais nous avons défense absolue d'en parler. Ivain s'est pris trente coups de fouet. Il avait été envoyé par le cuisinier au marché aux herbes pour acheter du thym et de la ciboulette. Sachant qu'il était esclave au palais impérial, tous les commerçants et les badauds l'ont interrogé sur la « surprise » de l'empereur. Le grand dadais, ivre d'importance pour l'attention qu'il recevait, a simplement lancé : « c'est un truc religieux, je ne peux pas vous en dire plus ! » Personne ne l'a vraiment cru car un « truc religieux », ce n'est pas très excitant. Mais il n'empêche, l'indiscrétion s'est répandue et le pauvre gaulois s'est pris une correction. En plus, il a interdiction d'assister à la cérémonie de clôture.

Vers la mi-journée, Commodus débarque chez Marcia.

— J'ai convoqué ce Victor, l'évêque, dans tes appartements, déclare-t-il. Je veux t'avoir sous la main pour régler les détails de ma conversion spectaculaire et publique. Tu es la seule personne qui se revendique de la foi chrétienne en qui j'ai confiance.

— Est-ce bien vrai ? Tu n'as pas renoncé à cette idée, malgré la mort de notre cher Saül ?

— Au contraire ! Je sais que ma conversion était son vœu le plus cher. C'est honorer sa mémoire que de m'y conformer.

Marcia exulte. Elle est persuadée que Commodus ne manquera pas de la demander en mariage une fois qu'il sera chrétien. Dans son esprit, les deux événements sont liés. Jusqu'à présent, Commodus a toujours refusé de l'épouser officiellement. « Pas assez noble, l'affranchie », a-t-il toujours prétendu. Marcia est convaincue que la conversion à la doctrine du Christ ouvre les yeux, qu'on abandonne toute chimère aristocratique et anti-égalitariste.

En attendant l'arrivée de Victor, Commodus me charrie :

— Encore en train de te faire faire des mignonneries par Marcia, Modus ? Elle n'est pas trop jalouse, ta femme ?

Je suis sur le point de répliquer qu'il n'y a pas de danger, vu qu'elle est de la pelouse, mais je me retiens à temps.

Sur ce, Victor fait son apparition. Il a toujours son port altier et sa tête d'aristo déchu, comme s'il était autre chose que le gourou d'une secte de cinglés. Il a l'air bien content de lui-même, cela dit. Il se précipite sur Commodus et avant même les salutations d'usage, il lui lance :

— Ah César ! J'ai enfin l'occasion de te remercier ! Ce que tu as fait pour notre cause est grandiose. Ma religion me défendant l'accès au Colisée, je n'ai pas eu la chance d'assister au martyre de Saül. Mais de bonnes âmes me l'ont conté par le menu. Quel soucis de perfection dans les détails ! On m'a dit que Saül a trépassé la tête en bas, qu'il a expiré en disant : « Saint-Paul, me voilà », que la foule était horrifiée par cet affreux spectacle...

— Ah bon ? le coupe Commodus. Moi, j'ai plutôt l'impression que tout le monde se faisait chier. Heureusement, ça n'a pas traîné en longueur, notre cher Saül ayant eu le bon goût de passer rapidement.

— Qu'importe la vérité ? Les chroniques chrétiennes que j'ai déjà fait écrire mentionnent un martyre long, douloureux et impopulaire. Dans quelques années, tous les témoins oculaires de cet événement seront morts, seuls subsisteront les rapports de mes scribes. L'important, c'est que nous ayons eu plein de conversions. Vraiment, il faudrait reprendre cette tradition d'immoler un chrétien de temps en temps, c'est bon pour les affaires...

« Mais enfin, assez parlé boutique, qu'est-ce qui me vaut l'honneur d'être convoqué par toi ?

— La promesse que j'avais faite à Saül de me convertir à ta foi, lors de la cérémonie de clôture des jeux du Millénaire. Pour baptiser un empereur, je suppose qu'il faut rien moins qu'un évêque. Alors, je t'embauche pour cet après-midi. Tu me baptiseras devant tout le monde. Ça aura de la gueule.

— Mais rien ne me fera plus plaisir ! rayonne l'évêque. Je vais devoir trouver du personnel pour faire face à l'afflux de conversions que nous allons avoir. C'est super !

— Pendant que tu y es, tu m'uniras à Mama, mon hermès-aphrodite. Il est tout ce qui me reste de Saül. Je veux officialiser ma relation avec lui. J'ai consulté les prêtres de tous les cultes, personne n'accepte de nous marier. Même les prêtres d'Isis, qui font tout ce que je veux d'habitude, refusent.

Malgré tout le talent de dissimulation dont elle est capable, je vois la mine de Marcia se décomposer. Bien que s'attendant à tout venant de Commodus, elle ne pensait certainement pas se faire souffler la place d'épouse par un petit ado vicieux, un esclave même pas foutu de parler notre langue. Elle tente d'intervenir :

— Commodus, je doute que la religion chrétienne soit différente des autres sur ce point et qu'elle autorise l'union des êtres humains avec ces... *choses*, n'est-ce pas, Excellence ?

Victor, directement pris à parti, n'a pas les scrupules de Marcia. Peu lui importe ce que dit le Livre Unique dans un cas comme celui-là. Convertir l'empereur est une si bonne opération... il ne va pas tout faire capoter pour un si petit détail.

— Mais non ! Ce que tu peux être vieux jeu, Marcia ! Ah ! dit-il en clignant de l'œil à l'attention de Commodus, ces femelles ! Toujours à refuser la moindre modernité. C'est ridicule. Je suis sûr qu'en relisant la Bible de fond en comble, je vais trouver une tripotée de rois juifs se tapant des hermèsaphrodites à longueur de journée. Moi, ça ne me choque pas en tout cas.

Marcia enrage. Pendant que Commodus et l'évêque se congratulent et déblatèrent sur la connerie des femmes, je la vois qui s'agite de l'amphore à toute vitesse, pour trouver quelque chose. Je m'approche de son oreille et je lui souffle ces simples mots :

— Le fils unique du dieu unique.

Elle sursaute de joie, me lance un regard complice et interrompt le flot de testostérone des deux crétins en lançant, comme en se parlant à elle-même :

— Victor, entre le baptême de Commodus et la célébration de ses noces avec son joujou, à quel moment comptes-tu révéler au monde qu'il est le frère vivant de notre bien-aimé Jésus-Christ, mort sur la croix ?

À ces mots, Victor devient blême. Il apparaît évident que Saül ne l'avait pas mis au courant de ces petits arrangements. De sa vie il n'a jamais entendu pareil blasphème. Il se tourne vers une Marcia triomphante et articule avec peine :

— Mais qu'est-ce que tu racontes, femme ? Tu as perdu la raison ?

XXVI

Ignorant la remarque de Victor, Commodus demande :

— Ah oui, c'est vrai au fait, j'avais presqu'oublié. Je suis le seul fils vivant du dieu unique, vu que mon frère est mort. Pauvre petit Jésus ! Snif ! Enfin, Saül m'a bien affirmé qu'il ne pouvait pas revivre. Il va falloir annoncer cela à mon peuple. Quel costume me conseilles-tu de revêtir, Victor ? Je pourrai passer une brassière d'enfant pour symboliser ma nouvelle naissance, qu'en penses-tu ?

Victor est atterré. Alors que Commodus a mis son pouce dans la bouche et gazouille comme un nourrisson pour nous montrer ce qu'il veut dire, Victor fixe Marcia d'un air tant admiratif que furibard. Celle-ci lui décoche le sourire constipé qu'elle réserve à ses pires ennemis, ceux qui quittent normalement le palais les pieds devant. Victor commence à avoir peur mais il ne peut plus reculer. Il avalerait un nid de frelons plus volontiers que de lâcher ce qu'il dit maintenant, mais enfin, les affaires sont les affaires :

— Mais... certainement, César. Il sera fait

comme tu le désires. Cependant, je trouve la symbolique du bébé un peu tirée par les cheveux. Ne préfèrerais-tu pas naître à ta nouvelle foi de façon plus chrétienne ?

— Et comment par exemple ? rétorque Commodus d'un ton agressif.

Il n'aime pas être contredit sur les choses aussi essentielles pour lui que ses costumes.

— Eh bien, tu pourrais voir le jour à l'instar de ton... « frère » Jésus. Il a été conçu miraculeusement, sa mère le portant en son sein et le mettant au monde tout en restant vierge. Ça, c'est une naissance qui en jette un peu plus que de sortir tout gluant du con d'une femelle, n'est-ce pas ?

— Ouais bof. C'est pas mal, mais un peu trop tiré par les cheveux. Il faut quand même rester dans les limites de la vraisemblance. Une mère vierge : personne ne va gober un truc pareil. Ceci dit, tu as raison, il est important que ma naissance soit divine et impériale...

— Une mère vierge pas vraisemblable ? Tu rigoles ? Tu crois que les mythes païens ne sont pas complètement à la masse, peut-être ? Tu ne voudrais tout de même pas naître à la manière de Minerve, émergeant casquée et armée de la tête de son père Jupiter, tout me même ?

Regard émerveillé et reconnaissant de Commodus à Victor.

— Mais c'est génial ça ! Oui, oui, c'est comme ça que je doit naître à la nouvelle foi. Tu as mille fois raison, je dois venir au monde comme ma sœur

Minerve, c'est évident ! Viens que je te prenne dans mes bras, mon frère !

Victor aimerait protester, mais il n'en a pas la possibilité. Commodus s'est rué sur lui et le serre à l'étouffer. Aucun son ne peut franchir la gorge du pauvre évêque, complètement boa-constricté. Quant à Marcia, elle se rend compte que s'ils en sont déjà aux papouilles, Victor aura remplacé Saül dans le cœur de l'empereur avant la fin de la journée. Il est indispensable de trouver encore autre chose, et vite. Je lui sauve de nouveau la mise en glissant :

— Casqué, armé, éblouissant d'or et de gloire après avoir occis d'un seul trait un animal fabuleux... J'ai hâte d'être à cet après-midi pour te contempler dans toute ta splendeur, maître ! Quoi de plus glorieux pour un *pontifex maximus* ?

J'insiste bien sur ces derniers mots de « *pontifex maximus* » et j'adresse un discret signe de connivence à Marcia. Elle comprend de suite et me retourne un sourire de remerciement.

Comme tous les imbéciles, Commodus est sensible à la flatterie, émane-t-elle d'un esclave. Il se rengorge à mes paroles, les yeux fixés au ciel, ému d'avance des ovations dont il va être comblé.

Mais Victor, miraculeusement sorti vivant de l'étreinte impériale, ne l'entend pas de cette oreille. Il parvient à souffler :

— Que les choses soient claires. Je veux bien que tu sois le frère de Jésus-Christ, que tu maries à une créature infernale, que tu naisses de façon païenne... En revanche, en devenant chrétien, je crains qu'il ne te faille renoncer au titre de *pontifex maximus*.

Commodus redescend sur terre et, se tournant vers l'évêque, il demande, vaguement menaçant :

— La totalité des empereurs avant moi, mon père lui-même, a toujours porté ce titre. Je ne vois pas pourquoi je devrais m'en défaire...

Sans laisser le temps à Victor de répondre, Marcia intervient :

— Il y a des années que Victor travaille à l'unification de la foi, explique-t-elle. Comme il n'y a qu'un seul dieu, il est logique qu'il n'y ait qu'une seule personne à la tête de notre Église. Or selon lui, personne n'est mieux à même d'exercer cette fonction que l'évêque de Rome. Avec la puissance que va lui conférer ta conversion, il espère bien soumettre les autres évêchés à sa domination. D'Alexandrie à Antioche, de Rome à Lugdunum, il ne peut y avoir qu'un maître, prétend-il. Bien entendu, notre religion est appelée à se répandre dans tout l'empire et un jour, même les plus reculés des belges, les plus arriérés des germains, les plus abrutis des bretons, les pictes-mêmes qui sait ? tout le monde croira au même dieu, sous l'autorité d'un pape unique, le *pontifex maximus*. Et alors...

— Mais je m'en fous de ça ! la coupe brutalement Commodus, agacé. Victor, tu unifies qui tu veux, tu fais tes salades comme tu l'entends, mais il n'est pas question que je me dépouille de mon titre de *pontifex maximus*, pigé ?

— Mais c'est un titre religieux ! plaide Victor. Tu as tous les pouvoirs sur la terre, laisse-moi ce pouvoir-là dans les cieux.

— C'est hors de question ! Je suis le maître, tout

de même ! Et puis, en tant que fils de dieu, il est naturel que je sois *aussi* un chef religieux !

Victor s'est contenu jusqu'à présent, mais là, c'est trop. Il explose :

— Tu n'es rien du tout, comparé à la puissance de Dieu ! C'est *moi* qui ai été choisi pour être le représentant de Dieu sur Terre. Notre seigneur me l'a clairement fait savoir, par de nombreuses visions, par des songes répétés...

— Hors de ma vue ! hurle Commodus, un mot de plus et tu finis comme Saül. Tes paroles sont insupportables et je pourrais sans peine te faire condamner pour injure et attentat contre l'empereur. J'épargne ta vie uniquement au souvenir de Saül. Lui me comprenait. Toi, tu compliques tout, tu pinailles ! En fait, je te perce à jour, misérable. Tu n'as jamais cru un seul instant en ma divinité.

Victor se replie rapidement, il marche à grands pas vers la sortie. Mais il est toujours vociférant :

— Sans mon assentiment, il n'y aura pas un prêtre dans tout l'empire pour accepter de te convertir à notre foi !

— J'en m'en fiche, de ta foi ! Je suis le fils de dieu, tu entends, LE FILS DE DIEU !!!

Victor est déjà dehors qu'on l'entend encore s'écrier :

— Et tu peux te brosser pour que je t'unisse à ta bestiole !

Marcia est ravie. Pas de mariage avec Mama. Mission accomplie.

Moi, je retiens que les évêques ne sont que des hommes, quoiqu'on en dise. Ils ont beau prétendre appartenir davantage à Dieu, celui-là aurait avalé toutes les couleuvres qu'on lui fourrait dans la bouche, mais rien ne l'aurait fait renoncer à un titre, hochet bien terrestre.

*

* *

Lors de la cérémonie de clôture, Commodus s'est bien présenté coiffé de son plus beau casque, armé d'une lance et d'un bouclier d'or, mais le cœur n'y était pas. En plus, comme il n'écoute jamais ce qu'on lui dit, il s'est complètement planté dans son laïus.

— Mes frères, je vous annonce que je suis le fils du dieu des juifs et que je suis sorti de la tête de Jésus-Christ, s'est-il embrouillé.

Mais sans prêtre pour officialiser ces élucubrations, cette cérémonie improvisée a fait un four. Je doute que vous en trouviez la moindre trace dans les annales.

*

* *

Le lendemain de la clôture des jeux du Millénaire, les autruches sont arrivées.

On s'est tous précipité chez Commodus pour lui annoncer la bonne nouvelle. On a été reçu fraîchement.

— Je m'en balance, de vos connes d'autruches, a-t-il braillé. C'était pour les jeux. Ce ne sont pas

215

elles qui vont me faire devenir fils unique du dieu unique. Foutez-moi la paix !

*

*   *

Quelques jours plus tard, Septime Sévère me fait appeler. Je vous avais déjà dit qu'il m'avait à la bonne.

— Modus, me dit-il. Je dois quitter Rome pour retourner en Pannonie. C'est le bordel là-bas dès que je n'y suis pas.

— Je suis fâché de te voir partir, maître, je dis sans la moindre ironie.

— Tu es un bon gars, Modus. L'empereur a bien de la chance d'avoir des serviteurs tels que toi, zélés, discrets et intelligents.

Je ne sais que répondre à ces compliments. J'incline la tête en signe de soumission et de remerciement.

— Commodus n'est pas éternel, ajoute le légat. Si un jour tu avais besoin de protection, fais appel à moi...

— Je n'y manquerai pas, dis-je sans trop me compromettre.

*

*   *

Le jour suivant, c'est au tour de mes amis Ostiens de prendre congé. Je tiens à accompagner Syphon, Quintus et Nucalis jusqu'au fleuve, où ils vont prendre place sur une barge qui va les mener chez eux.

— C'est dingue, la vie, rayonne Quintus. Grâce à toi, je vais avoir plein de choses à raconter à Ostie. Mes frères vont crever de jalousie, quand je vais leur dire que j'ai assisté aux jeux aux côtés de l'empereur, que j'ai ripaillé dans ses orgies et que je me suis tapé ses femmes !

— N'en rajoute pas trop, je dis. Ils sont pas cons, tes frères.

Je me tourne vers Nucalis.

— Que vas-tu devenir ? je lui demande.

— Syphon et Quintus ont obtenu mon affranchissement pour services exceptionnels rendus à l'empire.

— Alors, tu es libre ? je dis, un pincement d'envie au cœur.

— Pas tout à fait... je le serai quand j'aurai remboursé mon maître. Je vais me remettre à mon pressoir à huile. J'ai calculé que dans cent quatre-vingt dix-sept ans, j'aurai réuni la somme nécessaire à mon auto-acquisition.

— C'est trop génial, je commente sans enthousiasme, toute jalousie envolée.

— Modus, tu seras toujours le bienvenu à la *Puls Fabata*, me dit Syphon, tout ému. Nous avons passé un séjour exceptionnel. Remercie bien l'empereur et maîtresse Marcia de notre part. Tu salueras aussi Antiphon pour moi.

Gruffudd nous rejoint. Il tient une autruche par le cou. Il grogne quelques mots auxquels personne ne comprend rien. Comme d'habitude, tout le monde se tourne vers moi, en quête de traduction.

Comment leur avouer que moi non plus, je ne capte rien à ce que dit le breton la plupart du temps ?

— Euh... Gruffudd vous demande d'accepter cette autruche en souvenir de lui, j'improvise. Il dit qu'il en a plein maintenant, il ne sait plus où les mettre.

J'ai dû tomber plus ou moins juste car nous voyons Gruffudd pousser l'animal dans la barge, en adressant de grands sourires à l'assemblée. Le volatile n'a pas l'air trop content, pas plus que les destinataires du cadeau. Mais Gruffudd est de ceux qu'on n'offense pas par un refus. Ils font semblant d'être touchés de l'attention.

— Ah ouais, sympa ! Merci vieux, dit Quintus sans conviction.

— Une autruche dans mon auberge, j'en ai toujours rêvé, ajoute Syphon.

Ils embarquent et aussi loin que nous les voyons, nous nous adressons mutuellement de grands signes d'adieu.

À mon avis, l'autruche va finir dans la flotte dès que Rome ne sera plus en vue.

XXVII

Les mois ont passé. Le solstice d'hiver a été célébré il y a quelques jours. Commodus, forcé de renoncer à ses ambitions divines, n'est plus que l'ombre de lui-même. Il ne veut plus voir personne. Même moi, je ne suis appelé que dans les occasions exceptionnelles, quand il faut sortir le grand jeu à cause d'une cérémonie à laquelle il ne peut vraiment pas échapper. L'empereur n'a plus confiance en personne. Marcia, en particulier, est en totale disgrâce. Commodus a fini par se rendre compte qu'elle est la raison principale de l'échec de sa divinisation et pire encore, de son union avec Mama. Ce dernier est dorénavant le seul être en lequel Commodus croit encore. Pauvre petit gars. Ça lui a coûté la vie.

Je vous raconte.

Commodus avait certaines habitudes. En particulier, celle d'avoir un essuie-main (moi) et un goûteur (Othon) à chaque repas. Mais, comme il ne supportait plus la présence de personne à part Mama, c'est l'hermès-aphrodite qui remplissait ces fonctions. Un jour, Mama a goûté un plat pour l'empereur et il est mort dans les minutes qui ont suivi, en se tordant de douleur. Apparemment, Commodus n'avait jamais vraiment compris le rôle d'un goûteur — en particulier que celui-ci risquait sa peau — et il s'est toujours demandé comment son cher Mama avait pu décéder de façon aussi subite qu'inattendue.

Le poison était dû à la jalousie de Marcia. Comme vous la connaissez, vous avez bien compris qu'il ne vaut mieux pas la contrarier. Mama était devenu sa bête noire.

Après ce coup-là, Marcia s'est réfugiée dans la religion. Elle s'est mise à passer ses journées à l'évêché, toujours fourrée dans les pattes de Victor, qui n'en pouvait plus tellement il est misogyne. Quant à Othon et moi, nous avons repris du service. C'était d'un triste! Mes cheveux ne servaient plus qu'à essuyer larmes salées et morves grasses de l'empereur. Finis, les orgies et les jeux! Il se lamentait à longueur de journée. Il nous gonflait à n'en plus finir avec la perte de son cher Mama, ah si Saül avait vécu! etc, etc.

Le plus inquiétant, c'est qu'il n'était plus du tout question de notre affranchissement. Moi, tant que je n'étais pas libre, je ne pouvais pas répudier la grosse gouine qui me tenait d'épouse. J'aurais pu demander à l'empereur de m'en débarrasser, mais pour cela, il aurait fallu lui donner des nouvelles de l'enfant qu'elle était censée avoir eu de moi et j'étais assez heureux que cette histoire soit passée aux oubliettes.

Un jour, Othon a trouvé une solution. Elle était un peu tarabiscotée, mais dans l'état de délabrement où se trouvait Commodus, c'est passé comme de l'huile sur de l'eau.

Comme elles avaient manqué les jeux, il y avait des douzaines d'autruches dans la ménagerie impériale. Elles ne servaient plus à rien et on avait tenté de les renvoyer à Heddi. Mais ce dernier les avait refusées. Il nous avait sorti une clause de ses contrats de filou qui stipulait « ni reprises, ni échangées ». Enfin bref. Dans le lot, il y en avait une qui était toute rabougrie. Elle présentait en plus une malformation sur le crâne. Avec un peu d'imagination, on pouvait y voir deux cornes.

Un jour que l'empereur visitait la ménagerie en geignant comme à son habitude car selon lui, chaque bête lui rappelait Mama « qui était un peu un animal, à sa façon », Othon le prit à part et lui présenta l'autruche déficiente.

— Maître, j'ai un secret à te confier, dit-il à Commodus en baissant la voix. Promets-moi de le garder pour toi. Il en va de la réputation de notre bien-aimé Modus.

— Que m'importent secrets et intrigues, maintenant que Mama n'est plus ? a bêlé Commodus.

— Bon voilà : ce truc, là, qui ressemble vaguement à une autruche, eh bien c'est le « fils » de Modus !

— Tu déconnes ?

— Non, non. Le pauvre s'est rendu compte que sa femme avait soigné le camélopard de façon parfois très intime. En fait, elle a une ou deux fois joué le rôle de la caméloparde, si tu vois ce que je veux dire...

— Non ?!

— Si ! Et le résultat, eh bien tu l'as devant les yeux !

— Mais ce n'est pas possible !

— Et pourtant. Croise un camélopard et une humaine et tu obtiens ça.

— Une autruche ?

— Mais tu vois bien que ce n'est *pas* une autruche ! Elle est toute petite... et ces cornes sur la tête ? Tu as déjà vu une autruche avec des cornes sur la tête, toi ? Elle viennent clairement de son père.

Othon s'est montré super bon baratineur. L'empereur a gobé cette histoire et il m'a accordé la séparation d'avec Tanaït. Honnêtement, j'aurais préféré l'affranchissement.

Quant au « fils » de Tanaït et Zaraf, il a connu un destin tragique. Gruffudd lui a tordu le cou un jour de grand nettoyage de la ménagerie. Il se débarrasse ainsi régulièrement des animaux non conformes, pour éviter qu'ils ne se reproduisent et souillent leur espèce en passant leurs tares à leurs descendants.

Tanaït est repartie un jour, avec Heddi auquel elle appartenait toujours. J'ai été triste. On avait fini de se chamailler tout le temps et après notre divorce, on était redevenus bons copains.

À l'heure qu'il est, elle vit quelque part en Libye. Elle a promis de me faire passer de ses nouvelles par Heddi. Je la reverrai peut-être un jour, qui sait ?

*

* *

Le seul qui n'ait pas quitté Rome, ça a été Antiphon, le philosophe grec ci-devant meneur de haleurs. Heddi avait dû l'affranchir car il avait perdu son pari selon lequel Zaraf ne serait pas mis à mort. Devenu libre, Antiphon a décidé de se fixer dans la capitale. Il a essayé de lancer un jardin épicurien, mais a dû rapidement renoncer, vu le peu d'affluence qu'il recueillait.

Ensuite, il a fricoté un temps avec un certain Celse, un gars qui tente de lutter contre la propagation du christianisme. Mais là encore, il a fait chou blanc. Personne ne s'inquiète de ce que deviendra l'empire si le christianisme triomphe un jour, tout simplement parce que la plupart des gens pensent que ça n'arrivera jamais. Comment une idéologie aussi primitive peut-elle s'imposer face à la civilisation pluri-séculaire de Rome ?

Finalement, pour gagner sa vie, Antiphon a eu une idée géniale. Il a repris cette idée que les chrétiens ont eue avec la confession. Il prétend être un médecin pour la *psyché* — c'est comme ça que les grecs appellent l'âme. Il arrive à faire payer des riches pour que ceux-ci lui livrent leurs pensées secrètes en échange de conseils et d'analyses. Il appelle d'ailleurs cela la *psycho-analyse.*

Un jour que je me trouvais désœuvré, Antiphon me proposa de l'accompagner à l'une de ses séances. Il devait rencontrer un des personnages les plus riches de Rome, un certain Didius Julianus, qui demeurait dans la somptueuse maison du mont Palatin ayant appartenu à Cicéron. Ce noble d'excellente famille, à la réputation sans tâche et dont les ancêtres s'étaient illustrés lors des guerres puniques, souffrait de mélancolie profonde. Il en perdait appétit et désir sexuel.

— Tu es sûr que je peux t'accompagner ? je demande.

— Mais oui, ne t'en fais pas, m'encourage Antiphon. Je t'ai fait passer pour mon aide.

Pendant le trajet, Antiphon me fait partager son enthousiasme pour ce qui lui arrive.

— Les affaires marchent du tonnerre ! s'enflamme-t-il. Les grandes fortunes de Rome se battent pour m'avoir. Ce Didius, tu te rends compte ? Une famille si illustre ! Descendants de ces romains légendaires qui combattirent Hannibal Barca aux côtés de Scipion l'Africain !

— Je ne comprends pas le problème de ce gars, je dis. Il a tout, honneurs, richesses et gloire, et ce, sans lever le petit doigt. Et pourtant, il n'est pas heureux.

— Eh oui, bien que comblé en apparence, il lui manque quelque chose qu'il n'arrive pas à définir. C'est à nous de découvrir de quoi il s'agit et de lui apporter, si nous pouvons, répond Antiphon.

Tout en discutant, nous gravissons les pentes du mont Palatin. La chaleur est caniculaire, aujourd'hui. C'est trempés de sueur que nous atteignons notre but. Nous sommes reçus dans un atrium gigantesque, où règne une fraîcheur délicieuse prodiguée par de nombreux bassins hébergeant des poissons étincelants. Tout autour de nous, ce sont des colonnes de marbre, des poteries grecques uniques, des décorations hors de prix... Vivant au palais impérial, je suis habitué aux somptuosités. Je ne peux cependant pas m'empêcher de goûter le luxe inouï de cet endroit.

Au milieu de ces splendeurs, se vautre Didius Julianus, un noble girond et dodu, à la physionomie fin-de-race. Il nous considère d'un air supérieur, plein de morgue et de tristesse rentrée. Son attitude est hostile mais elle ne démonte pas Antiphon qui déclare :

— Tu fais le bon choix en me confiant l'analyse de ta psyché, Didius. J'ai étudié pendant des années à Alexandrie et plusieurs théories scientifiques exigeantes et controversées portent mon nom.

— En quoi consiste ton traitement ? soupire l'aristo d'une voix fatiguée.

— C'est très simple : tout passe par la parole. Tu me racontes tes angoisses et tes doutes. Je les analyse grâce ma connaissance approfondie de la science égyptienne et je te donne un remède.

— Et lui, là, il sert à quoi ? demande Didius en me désignant du double menton.

— Lui, ce n'est rien moins que l'essuie-main personnel de l'empereur. Il te sera utile pour te moucher, si tu te mets à pleurer.

— Pleurer ? Tu me prends pour une femme ? se révolte le gros.

— Qui sait ? Il n'est pas rare que les patients régressent lors des séances. Ils ne peuvent alors se retenir d'adopter des comportements enfantins. Crois-moi, les pleurs sont les plus anodins. Certains font sous eux, comme un nourrisson qui mouille ses langes !

— C'est très intriguant, j'ai hâte d'essayer. C'est cher ?

— Très.

— Ça doit être bien, alors...

— Oh oui ! Crois-moi, chaque séance apporte un réconfort garanti.

— Il y a donc plusieurs séances ?

— Bien sûr. Les peines de l'âme sont les plus longues à guérir, c'est bien connu.

Antiphon a ensuite demandé à son client de s'étendre sur un lit qu'il a fait chercher dans le *triclinium* et il lui a demandé de dire tout ce qui lui passait par la tête, sans souci de forme ou de cohérence.

Le gars, rétif au début, encouragé par l'aspect approbateur et docte affiché par Antiphon a fini par nous déballer ses pensées les plus intimes. S'il n'a pas fondu en larmes, peu s'en est fallu.

Nous l'avons quitté au bout de deux heures. Lui, allégé d'un poids mystérieux et invisible ; nous, alourdis d'une bourse bien garnie et sous la promesse de revenir bientôt.

Antiphon partage maintenant sa vie entre son activité lucrative de psycho-analyste et de fréquents séjours à Ostie où il rend visite à notre ami Syphon. Syphon a remis les rennes de son auberge, la *Puls Fabata*, à son fils aîné Primus. Ses autres fils, Secundus et Tertius, vont l'aider à développer l'affaire. Restent Quartus et Quintus. Ces deux-là ont décidé de monter une agence de renseignement privée. Le succès rencontré par Quintus lorsqu'il a remonté la piste de Saül, donateur de Mama à l'empereur, n'est pas passée inaperçu à Ostie. Quintus et son frère vont capitaliser sur cette publicité inattendue.

XXVIII

Commodus est très pointilleux sur la température de l'eau du bain. Les vieux nous ont raconté que la première fois qu'il a fait preuve de cruauté, c'est quand il avait douze ans. L'esclave chargé de son bain y avait versé de l'eau trop chaude à son goût. Le jeune Commodus a exigé que le fautif soit rôti tout vif sur un gril « pour lui apprendre ce que ça fait, d'avoir trop chaud ». Bien entendu, vu le prix que coûte un esclave, on n'a pas cédé à son caprice. Mais son père Marc-Aurèle, faible avec ses enfants comme le sont tous les philosophes, a demandé qu'on fasse comme si la sentence avait été exécutée. On a fait rôtir un mouton et l'odeur de brûlé a suffi à détromper Commodus.

Depuis, cette pratique a toujours perduré. Plusieurs fois par mois, Commodus lance une condamnation à mort, généralement injuste et cruelle, et tout le monde joue le jeu. Le condamné est replacé quelque part hors de la vue de l'empereur et on fait croire à ce dernier que sa sentence a été exécutée. Mais depuis la mort de Mama, l'empereur est de plus en plus suspicieux. Le pire maintenant, c'est qu'il se met en tête de *vérifier*. Il devient de plus en plus difficile de sortir vivant de ses colères.

La fin de Commodus, c'est Mêos qui l'a déclenchée, sans le vouloir. Vous vous rappelez de mon copain Mêos. C'est un petit grec sympa. Il doit avoir dans les sept ou huit ans. On ne sait pas trop pourquoi, mais il est le seul à connaître la température exacte que doit avoir l'eau d'un bain pour plaire à l'empereur. On emplit le bain d'eau chaude. Mêos se colle dedans, et pendant un quart d'heure environ, on ajoute de l'eau chaude, ou de l'eau froide, jusqu'à ce qu'il prononce d'une voix timide : « *satis* ». Alors Commodus arrive et selon son humeur — ou la compagnie dans laquelle il se trouve —, il fait sortir l'enfant de son bain ou bien il le garde pour jouer avec lui. Il adore tripoter les petits zizis.

— Comment ce petit gars a-t-il pu causer la perte de Commodus ? vous vous demandez.

En soi, il n'a pas fait grand chose. Il a juste été l'instrument d'un destin qui couvait depuis longtemps.

*

* *

Nous sommes le dernier jour de la douzième année du règne de Commodus. Demain, à l'occasion des célébrations inaugurant l'année nouvelle, Commodus a prévu une énième entorse au protocole. Il n'a toujours pas renoncé à son idée d'être le fils du dieu unique. Son échec de l'été dernier lors de la cérémonie de clôture des jeux du Millénaire lui est resté en travers de la gorge. Au lieu de procéder à l'accomplissement des rites, revêtu de la toge impériale au milieu du clergé, il a imaginé de réunir son Narcisse adoré et tous ses gladiateurs ainsi que l'ensemble de la garde prétorienne. Déguisé en Hercule, il compte se faire acclamer par eux et décréter qu'en tant que *pontifex maximus*, il est *au-dessus* de l'évêque de Rome et qu'il lui est donc possible de s'auto-baptiser et de s'auto-nommer évêque. Ensuite il baptisera gladiateurs et prétoriens. Il a même songé à une éventuelle auto-canonisation, pour plus tard, s'il le mérite.

— Vous allez voir si on va encore se foutre de la gueule des chrétiens après ça, a-t-il ricané.

Le pire, c'est qu'il a parlé de déterrer Mama pour s'unir à lui.

— Que tous les prêtres aillent se faire foutre ! a-t-il beuglé. Mama et moi, c'est pour toujours. Demain, je serai évêque, je sanctifierai cette union moi-même !

Le grand chambellan Eclectus, le préfet du prétoire Laetus, la première favorite Marcia, l'évêque Victor, le sénateur Pertinax et les quelques uns de ses collègues qui ont encore des couilles, tous ont tenté de le faire renoncer à ce projet dément. Il a renvoyé tout le monde en hurlant. La seule chose qu'on l'a vue faire, c'est prendre des notes sur une tablette de cire. Ça nous a marqué, car on ne le voyait pas souvent muni de cet instrument. Vu son niveau intellectuel, certains doutaient même de sa capacité à écrire.

Plus tard, il a fait appeler Mêos, pour son bain. Il avait bien besoin de se détendre, après les assauts subis tout au long de la journée. Pour se baigner, il a dû abandonner la fameuse tablette parmi ses vêtements. C'est en rangeant que Mêos est tombé dessus. Il n'avait jamais vu un truc pareil. Il l'a mis à la bouche, pour goûter. La cire d'abeille lui a plu et il a continué à vaquer à ses occupations. Marcia, le surprenant à lécher une tablette de cire lui a demandé d'où elle provenait. Mêos lui a dit que l'empereur lui avait donné un bonbon. À force de cajoleries, Marcia est parvenue à lui prendre la tablette qui heureusement avait été juste entamée. Dessus, il y avait les noms de toutes les personnes ayant défilé chez l'empereur pour tenter de le détourner de ses idées sacrilèges et nécrophiles.

Chaque nom était accompagné d'un petit commentaire du style :

— *Marcia* : quelle salope ! Je ne sais pas comment elle a fait, mais je suis sûr qu'elle est responsable de la mort de mon cher Mama. Je lui accorde de mourir en martyre chrétienne : à livrer aux taureaux, comme on fait à Lugdunum.

— *Eclectus* et *Laetus* : quels traitres ! Cela fait des années qu'ils me font croire que mes ordres disciplinaires sont suivis. Mais j'ai bien compris leur petit jeu. Les trois quart de mes condamnations à mort ne sont pas exécutées. Pas étonnant qu'il y ait un tel bordel dans cet empire avec des mollassons pareils. Les armer de pied en cap et les faire combattre contre mes gladiateurs. Compter le nombre de secondes qu'ils tiennent.

— *Pertinax* : il ne se sent plus pisser, celui-là. Il rêve de me piquer ma place, c'est clair. À étrangler *discrétos* pour que le Sénat ne puisse pas faire trop de réclamations publiques.

— *Victor* : évêque de mes deux. C'est à cause de lui que Marcia est devenue méchante avec moi. De plus, je ne lui pardonnerai jamais d'avoir refusé de m'unir à Mama. À faire empaler, pas question de lui accorder la crucifixion.

Il y avait d'autres noms sur la liste, mais je ne les ai pas retenus.

Marcia s'est empressée d'ordonner à Mêos de remettre la tablette où il l'avait prise. Quand ce fut fait, elle entraîna l'enfant pour le garder dans son gynécée afin d'être sûre qu'il tienne sa langue. Mêos, comblé de prévenances, de fruits, de miel, de caresses, n'avait jamais été si heureux.

Elle convoqua ensuite d'urgence Laetus, Eclectus et Victor pour une réunion de crise.

*

* *

J'ai été recruté pour tenir compagnie à Mêos qui commençait à s'ennuyer. Je suis en train de me bâfrer de sucreries tout en racontant des histoires au petit quand Marcia me fait appeler.

Je me retrouve bien malgré moi au centre de la réunion qu'elle a convoquée. Tous les yeux se tournent vers moi. L'ensemble du groupe a l'air nerveux et inquiet. On sent que la discussion qui a précédé mon entrée a été agitée et tendue. Une odeur de peur flotte sur l'assistance. Elle s'accompagne d'une aigre senteur de dessous de bras écœurante. Personne ne le dit mais tout le monde le pense : celui qui pue des aisselles ne peut être que l'évêque Victor ; les chrétiens répugnent aux bains en général. Moi, je n'en mène pas large.

Sans préambule, Marcia me dit, d'une voix pressée et soucieuse :

— Dis-moi, Modus. Othon, le goûteur de l'empereur, est bien ton meilleur ami, n'est-ce pas ?

— Oui, je réponds.

— L'empereur a-t-il toujours toute confiance en lui ?

— Ben oui. Tu sais bien que l'empereur ne se méfie pas des esclaves. Il pense que seuls les puissants sont corrompus, que les petites gens sont incapables de faire du mal, faisant preuve d'une décence qu'il qualifie de « commune ». Quel charabia !

— Super. Bon maintenant, écoute bien : combien penses-tu qu'Othon demanderait pour... disons, manquer de zèle une seule fois ?

— Vous voulez empoisonner Commodus ? je m'offusque. Faites ce que vous voulez, mais laissez-nous, Othon et moi, en dehors de ça ! Nous sommes fidèles, nous. Nous devons tout à l'empereur.

Marcia me raconte alors l'histoire de la tablette. Elle insiste sur le fait que son nom figure en premier sur la liste. Elle me fait ses yeux humides, me prend dans ses bras... je lui dois tant, je l'aime tant, elle est si bonne... Elle me fait le grand numéro.

233

— C'est bon, je vais voir si je peux convaincre Othon, je finis par craquer. Mais ça va coûter bonbon. Et nous exigeons d'être affranchis.

— Tout ce qu'on vous demande, c'est de faire en sorte que l'empereur avale une coupe de vin qui n'ait pas été goûtée ! C'est quand même pas la mer à boire, intervient Laetus. Il ne faudrait tout de même pas te prendre pour autre chose que tu es, esclave !

— Il s'agit bien de lui ! intervient Marcia. Je vous rappelle que le sort de l'empire et de celui de la religion chrétienne sont en jeu. Nous avons déjà eu assez de mal à avoir la bénédiction de Victor qui a toute idée de meurtre en horreur...

— Avoir besoin d'une bénédiction pour un acte comme celui-là, c'est bien une idée de chrétien ! la coupe Eclectus. Heureusement que la menace du pal a considérablement motivé cet hypocrite.

— C'est moi que tu traites d'hypocrite ? s'emporte Victor.

Marcia les arrête en rugissant :

— Arrêtez de vous disputer ! On perd un temps fou avec vos conneries !

L'autorité naturelle de la concubine met instantanément fin à l'altercation. Elle enchaîne :

— Modus, tout ce qu'Othon et toi demandez est accordé à une seule condition : c'est que Commodus ne passe pas la nuit, c'est clair ? Maintenant, va discuter avec ton copain et revenez avec une réponse dans une heure.

Moi et Othon, on n'est pas cons. On aime bien Commodus, mais il faut bien reconnaître qu'il perd la boule. De plus, il ne mentionne plus jamais notre affranchissement et par-dessus le marché, il veut la peau de Marcia, dont je me suis rendu compte grâce à Tanaït que je l'aime sans espoir. Sans compter que nous avons l'occasion de nous faire un paquet de blé... De toute façon, nous en savons trop. Si nous ne nous prêtons pas au jeu, les conjurés nous feront disparaître. Bref, nous acceptons.

Le soir, Commodus boit la coupe de vin fatidique et se couche. Deux heures plus tard, il commence à se tordre de douleur, mais il ne trépasse pas pour autant. Marcia a dû mettre la même dose que pour Mama, mais Commodus est d'une autre trempe ! Que faire ? S'il survit, ce sera pire que tout. Il ne mettra pas longtemps à comprendre la trahison d'Othon et alors même les esclaves ne seront plus en sûreté. Je n'ai pas le choix.

Je vais réveiller Gruffudd, qui dort maintenant avec sa lionne. Je lui dis :

— Gruffudd, méchant Commodus veut couper les *bollocks* de tous les mâles de la ménagerie !

Gruffudd, pas vraiment réveillé, me demande pourquoi.

— Je ne sais pas. Mais il vient de décider cela.

— Toi sûr bien comprendu ?

Ah merde, il se méfie...

— Oui, oui, la preuve, c'est que Dionysos vient de le frapper d'un mal de ventre pour le punir. Viens voir !

L'argument porte. Pour Gruffudd, Dionysos, c'est le dieu des couilles, vu qu'on le représente presque toujours avec des valseuses proéminentes.

Les légionnaires gardant les portes des appartements impériaux doivent trouver bizarre que l'empereur fasse mander le responsable de la ménagerie en pleine nuit, mais, habitués à ses caprices, ils nous laissent passer sans rien dire. Nous arrivons au chevet de Commodus.

Gruffudd se penche sur un Commodus agonisant, en plein délire. Il lui demande sans ménagement :

— Toi vouloir couper *bollocks* mâles ?

Dans son agonie, Commodus est surpris de voir arriver le géant breton qui a peuplé tant de ses cauchemars.

— Tu es là, toi ? râle-t-il. J'aurai dû te mettre sur la liste des réjouissances de demain, pendant que j'y étais… ha ha !

Gruffudd ne capte rien à ce que Commodus dit, il redemande, d'une voix menaçante :

— Toi pas faire comme Zaraf, compris ?

— Zaraf, le camélopard ? murmure Commodus. Je l'ai bien ajusté celui-là. Tu te rappelles ? Tout le Colisée en délire ! Émasculer une bête de cette taille avec un simple coutillon de berger…

Un dégueuli rosâtre accompagne ces dernières paroles. Je ne sais pas si Gruffudd comprend le verbe « émasculer », mais le ton de Commodus ne lui plaît pas. De ses énormes mains, il étrangle l'empereur qui expire d'un coup, dans un craquement de vertèbres résonnant dans la nuit.

À ce moment, la tenture entourant le lit de Commodus s'écarte et la voix de Narcisse dit :

— Mais qu'est-ce que vous foutez là ?

XXIX

Gruffudd s'en moque. Pour lui, il n'y a jamais de danger. Mais moi, je flippe. Narcisse est le gladiateur chéri de l'empereur et ce qui me frappe immédiatement, c'est le glaive court et affuté qu'il porte à la ceinture.

Par bonheur, les dieux m'ont donné le sens de la répartie et d'une voix que j'espère assurée, je lance :

— Ben et toi ? Qu'est-ce que tu viens emmerder l'empereur à une heure pareille ?

Narcisse n'a aucune raison de se méfier de moi. Je suis l'un des esclaves les plus proches de l'empereur. Il répond, un peu ennuyé :

— Commodus s'est senti mal. Il m'a fait appeler pour être sûr qu'on ne l'approche pas pendant le reste de la nuit. Il dit craindre pour sa vie. Il ne fait même pas confiance aux légionnaires. Mais j'ai été pris d'une envie de chier pas possible, alors j'ai dû sortir un instant... Il va bien ? Je ne l'entends plus...

Il a l'air bien embêté. On se doute bien qu'il a pris son temps. Je l'achève en disant, d'un ton méchamment persifleur :

— Euh en fait, il est mort pendant que tu coulais ton bronze peinard... C'est bête, hein ?

— Quoi ? Mais comment ça se fait ? Il commençait à se sentir mieux...

Gruffudd ne comprends rien à la conversation, mais il veut quand même participer, pour ne pas être celui qui reste dans son coin. C'est son côté social.

— Commodus pas plus couper *bollocks* ! Lui couic ! déclare-t-il en affichant un sourire radieux et en faisant le geste de tordre le cou à un poulet.

Narcisse a peur de comprendre.

— Qu'est-ce qu'il raconte ? m'interroge-t-il.

Je ne peux pas faire autrement que de me jeter à l'eau. Dans le pire des cas, si Narcisse s'emporte et veut faire usage de son glaive, Gruffudd me protègera. Je ne doute pas que même à mains nues, il pourra tenir tête à un Narcisse armé. J'espère seulement que le gladiateur est aussi stupide qu'on le prétend.

— Il raconte qu'il vient de le buter, je lâche.

Narcisse est tellement surpris qu'il ne pense même pas à s'énerver.

— Mais vous êtes complètement malades ! Qu'est-ce qui vous prend ? Vous comptez en sortir vivants ?

— Écoute. On n'avait pas le choix. Et en plus on vient de te sauver la vie !

Je lui raconte l'histoire de la tablette, mais dans une version légèrement modifiée : le premier nom de la liste se transforme de Marcia en Narcisse. J'omets aussi de mentionner que l'empereur a indiqué les raisons pour lesquelles il condamne tous ses proches.

Narcisse se met à braire. Il s'arrache les cheveux en gémissant :

— Mais pourquoi l'empereur était-il mécontent de moi ? J'étais le plus fidèle ! Nous joutons ensemble depuis qu'il a quinze ans !

Je dois utiliser toutes mes ressources pour le calmer. Heureusement, je connais son point faible. Comme tous les artistes habitués à être le centre de l'attention populaire, il est drogué à la renommée.

— Arrête de chialer, je lui fais. On ne saura jamais ce qu'il te reprochait. Peut-être que tu lui faisais de l'ombre... Mais tu ne comprends donc pas que tu as une occasion unique de rester dans l'histoire pour l'éternité ?

— Comment ça ? renifle-t-il.

— Réfléchis un peu... comme gladiateur, ton nom sera oublié dans une génération. Mais en tant qu'assassin du dernier des Antonins, les chroniques te mentionneront encore dans vingt siècles !

— Mais... je n'ai *pas* assassiné l'empereur !

Je prends mon air le plus désolé et je me tourne vers Gruffudd.

— Allez viens, gros. Celui-là est vraiment trop con. On fait tout pour l'aider et il fait exprès de ne rien comprendre rien que pour nous énerver...

Je fais mine d'entraîner Gruffudd. Le breton ne capte que dalle, mais rien ne le laisse supposer. En effet, il nous regarde comme si causer autour du cadavre d'un César qu'il vient de zigouiller faisait partie de ses activités habituelles.

Enfin, Narcisse comprend où je veux en venir. Son visage s'illumine.

— Qu'est-ce que je dois faire ? demande-t-il tout excité.

— Toi et Gruffudd, prenez le corps. On va le balancer dans un égout. Le temps qu'il soit découvert, nous serons loin.

— Mais les gardes ?...

— Comme tous les prétoriens, ils viennent d'être convoqués par Laetus pour une communication exceptionnelle.

Comme s'il était usuel de convoquer les légions en pleine nuit en temps de paix ! Narcisse me dévisage, incrédule. Je lui adresse un clin d'œil que je veux complice.

— Ah, je comprends, réplique Narcisse. Le nom du préfet Laetus figure *aussi* sur la tablette !

— Eh oui ! j'acquiesce. Ça fait plaisir de bosser avec des gens malins. Allez, viens. On y va.

Après nous être débarrassé du corps, je renvoie les deux brutes dans leurs pénates.

Gruffudd passe le reste de la nuit à *soupeser* tous les mâles de la ménagerie pour s'assurer que leurs *bollocks* sont bien en place. Il a eu si peur !

Narcisse se prépare à jouer le rôle du sauveur ayant soulagé l'empire d'un tyran infâme. Je lui ai soigneusement caché que nul ne sait comment les gardes prétoriens vont réagir à la nouvelle de l'assassinat de Commodus. Certes, Laetus, l'un des principaux conjurés, est leur chef, mais ces derniers ont tous prêté personnellement serment à l'empereur. En cas de pépin, Laetus sera le premier à se lamenter de la perte de l'empereur et à demander la condamnation de l'assassin. Bref, il n'est pas impossible que Narcisse laisse sa peau dans l'aventure. Enfin, c'est son problème.

Quant à moi, je suis allé rendre compte à Marcia de la fin de Commodus. Au début, elle n'a pas eu l'air trop contente.

— Qui t'avais demandé de le faire étrangler comme un poulet ? me reproche-t-elle. Mon pauvre Commodus ! Il n'a pas souffert, au moins ?

— Mais non, rassure-toi. Gruffudd est un professionnel. Une bonne partie de son boulot, c'est d'achever des bêtes blessées ou malades. Il s'y connait. L'empereur est mort sur le coup.

Je décide d'en rajouter un peu, car chrétienne comme elle est, Marcia est foutue d'avoir des remords et de ne pas me lâcher avec la mort de son Commodus pendant des semaines.

— L'empereur souffrait énormément à cause du poison. Gruffudd a eu un geste d'humanité. Il a procédé sans haine. En expirant, j'ai clairement aperçu une lueur de reconnaissance dans le regard de Commodus.

Il est peu probable que Marcia gobe ce que je lui raconte. Mais enfin, je lui sers ce qu'elle a envie d'entendre et à la fin, elle a une réaction surprenante.

— Va chercher Othon, m'ordonne-t-elle d'une voix grave et digne.

Quand je la rejoins flanqué d'Othon, nous ne sommes pas très rassurés. Cependant notre étonnement est sans limite quand nous la voyons nue et préparée pour Vénus, comme elle le faisait autrefois, quand Commodus voulait encore d'elle. Elle a renvoyé toutes ses femmes. Elle nous accorde une nuit d'amour pour nous remercier de lui avoir sauvé la vie.

C'est ainsi que j'ai perdu mon pucelage.

Vous n'en saurez pas plus. Il y a des choses qui ne se racontent pas. Tout ce que je peux vous dire, c'est que le « truc » spécial de Marcia m'a été révélé cette nuit-là. Le lendemain, Othon a dit qu'il n'était même pas puceau et que c'était « pas trop mal » de se taper Marcia. C'est vraiment un gros nul !

Aujourd'hui, Marcia est partie. Elle s'est retirée dans une communauté chrétienne, dans le sud. Le petit Mêos l'a accompagnée. Avant son départ, elle s'est arrangée pour qu'Othon, Gruffudd et moi soyons affranchis et elle nous a fait parvenir une bourse où il y a tellement de sesterces que nous n'arrivons pas à tout compter.

Maintenant que je suis libre et riche, je regrette le temps de mon esclavage. La plus belle femme du monde me peignait les cheveux tous les jours. À chaque repas, j'étais à la table de César et je n'ignorais rien de la marche de l'empire. Mais il faut savoir sortir de l'adolescence et affronter le monde comme un homme. Je me suis acheté une toge virile et j'ai l'intention de me soumettre aux rituels afin de devenir un citoyen à part entière.

De Commodus, il ne me reste que son exemplaire de « *De rerum natura* ». En quittant les appartements impériaux, le jour du drame, je me suis emparé discrètement du petit codex contenant le poème de Lucrèce. Ce n'est pas un vol. Je louchais tellement souvent dessus que Commodus avait promis de me le donner un jour. De toute façon, il ne lisait jamais. La lecture était bien trop intello pour lui. Ce livre, il le tenait de son père. C'était comme un talisman.

De Marcia, il me reste le souvenir d'une nuit d'amour. J'aurais préféré qu'elle ne l'accorde qu'à moi seul mais tout compte fait, c'est bien ainsi. Parfois, Othon et moi revivons en pensée ce qui s'est passé et ainsi, j'ai la certitude de ne pas avoir rêvé. Avec le temps, Othon a cessé de faire le malin et il ne peut évoquer ces instants sans émotion. C'est vraiment un super pote, ce mec !

Si ça vous intéresse, je vous raconterai un jour le détail des événements qui ont suivi : la *damnatio memoriae* de Commodus, l'arrivée au pouvoir de Pertinax, ce qui est advenu de Narcisse mais aussi de Gruffudd, Othon et les autres.

En me quittant, Marcia m'a exhorté à me pencher sur la vraie foi et sur les enseignements de Jésus-Christ. En souvenir d'elle, je me rends parfois aux assemblées que les chrétiens organisent, dans les catacombes. Je ne suis toujours pas convaincu par leur doctrine. Je perçois que sous le couvert du bien, elle produira un jour des effets désastreux pour l'humanité. Car il arrivera, le jour où un empereur moins fou que Commodus réussira là où ce dernier a échoué. Et alors, ce sera la fin de l'incroyable diversité des croyances, des coutumes et des rituels de notre empire. Il n'y aura plus qu'un seul Dieu, qu'une seule pensée, qu'une seule tradition, qu'une seule langue peut-être. Et les prêtres gouverneront le monde, imposant leur idéologie jusque dans les alcôves. Certes, à les entendre, il n'y aura plus de maîtres ni d'esclaves, et la guerre et la violence appartiendront au passé. Mais les mythes de nos ancêtres seront oubliés au profit exclusif des récits bibliques, et les hommes perdront le choix de vivre leur vie comme il l'entend car il leur faudra se conformer au modèle imposé du bien et du mal. Nos enfants en seront-ils plus heureux que nous ? L'avenir nous le dira.

Printed in Poland
by Amazon Fulfillment
Poland Sp. z o.o., Wrocław